LINGUAGEM DE SINAIS

LUIZ SCHWARCZ

Linguagem de sinais

Contos

Copyright © 2010 by Luiz Schwarcz

Grafia atualizada segundo o Acordo Ortográfico da Língua
Portuguesa de 1990, que entrou em vigor no Brasil em 2009.

Capa
warrakloureiro

Imagem de capa
Erich Lessing/ Album Art/ LatinStock

Preparação
Márcia Copola

Revisão
Angela das Neves
Marina Nogueira

Os personagens e as situações desta obra são reais
apenas no universo da ficção; não se referem a pessoas
e fatos concretos, e não emitem opinião sobre eles.

Dados Internacionais de Catalogação na Publicação (CIP)
(Câmara Brasileira do Livro, SP, Brasil)

Schwarcz, Luiz
    Linguagem de sinais : contos / Luiz Schwarcz. — São
Paulo : Companhia das Letras, 2010.

    ISBN 978-85-359-1732-1

    1. Contos brasileiros I. Título.

10-08175   CDD-869.93

    Índice para catálogo sistemático:
    1. Contos : Literatura brasileira 869.93

[2010]
Todos os direitos desta edição reservados à
EDITORA SCHWARCZ LTDA.
Rua Bandeira Paulista 702 cj. 32
04532-002 — São Paulo — SP
Telefone (11) 3707-3500
Fax (11) 3707-3501
www.companhiadasletras.com.br

Para Lili

Não direi nada além do que já não disse.

Rafael Alberti

Sumário

Antônia, 13
O síndico, 35
A voz, 41
Quem é?, 47
Kadish, 51
Lições de anatomia, 57
O cobertor xadrez, 63
Pai, 67
Volta ao lar, 79
Murano, 85
Faro, 93

Agradecimentos, 99

O autor sugere a leitura sequencial dos contos.

LINGUAGEM DE SINAIS

Antônia

No táxi a caminho do aeroporto, o motorista falava sem parar. Não resisti e cochilei. Minha cabeça tombava. Eu a erguia quase sem conseguir abrir os olhos. O sujeito via nisso um sinal de aprovação e falava mais alto e rápido. Nem me recordo bem do assunto, conversa de taxista, os erros do atual prefeito, as falcatruas dos anteriores, trânsito, crimes, futebol. De repente começou a falar da mulher, reclamou que não a entendia, não entendia as mulheres em geral. O que elas querem, dinheiro e carinho, tudo ao mesmo tempo, mas eu não sou dois, sou um só. Repetiu essa frase várias vezes. Eu tentava acordar, ouvia o motorista dizendo, eu sou um só, e minha cabeça tombava.

Na fila do embarque revi a expressão agradecida do taxista quando lhe disse que ficasse com o troco. Quase falei, recomendações a sua senhora, mas lembrei que a conversa não tinha sido muito favorável às mulheres, carinho e dinheiro ao mesmo tempo mas eu sou um só.

Esperando o check-in, pensei que não sabia muito bem por que decidira viajar para Portugal. Não sabia ainda o que faria da vida, se procuraria uma nova ocupação, quanto tempo ficaria na casa dos meus pais. Mas logo deixei o assunto em paz e me fixei na frase, carinho e dinheiro...

Só quando, já no avião, a aeromoça perguntou, suco de laranja ou água?, esqueci as queixas do motorista e percebi que ia mesmo viajar; respondi, suco, por favor.

A aeromoça, muito simpática, me ofereceu o copo, mais os fones de ouvido e o estojo com escova e pasta de dentes, e eu me imaginei nos ares, a viagem vencida, chegando ao aeroporto da Portela, ou no quarto do hotel na Lapa.

O embarque foi absolutamente normal. No horário, sem aglomerações. Havia poucos passageiros no voo. Até os mais afoitos, que se preocupam com tudo, se de fato terão o assento que lhes foi destinado, se haverá espaço para a bagagem de mão, melhor chegar antes que os vizinhos, seguro morreu de velho; mesmo os da classe executiva, que fazem questão de embarcar primeiro e se atiçam quando as famílias com crianças e os idosos são chamados para se dirigir à porta — todos pareciam mais calmos naquela noite. Na entrada do avião, a tripulação sorria como de costume — um embarque tranquilo torna o riso da aeromoça menos forçado, as boas-vindas do comissário mais sinceras. Alguns passageiros carregavam muitos volumes, presentes para os familiares, malas que dificilmente caberiam no compartimento superior e que fariam da viagem um suplício para as pernas, inibiriam os vizinhos de ir ao toalete, pobres coitados, passariam o voo com os olhos grudados nos pacotes espalhados no chão a seu lado, a expressão de raiva contida, as pernas apertadas umas nas outras.

Gravei o sorriso do comissário quando ele perguntou o número do meu assento, 27A, bem-vindo a bordo, tenha um bom voo.

Bem-vindo, bem-vindo, essa palavra eu ouvi tantas vezes, li com tanto constrangimento em faixas coladas na porta de casa — se pudesse, dispensava para o resto da vida os bons votos.

A cada volta de viagem — desde a primeira à colônia de férias em Campos do Jordão, aos cinco anos — meus pais me recebiam com essas faixas, bem-vindo nosso querido filho, ou ainda mais específicas, bem-vindo da colônia de férias nosso querido filho, bem-vindo do Guarujá, e meu nome no diminutivo, ou bem-vindo sentimos muito sua falta, quando fui a outra colônia de férias, uma viagem mais longa, já um pouco mais velho.

Eu passava rápido pela varanda, abria a porta e retirava a faixa, sorrindo para meus pais; eles pensavam que eu queria logo pregá-la no quarto, mas na verdade eu tinha vergonha dos vizinhos, antecipava a gozação no dia seguinte, bem-vindo, os meninos gritariam, rindo. É claro que Bem-Vindo acabou virando meu apelido na rua, a palavra que enrubescia minhas bochechas, levava-me a abaixar a cabeça e a apressar o passo na vizinhança. Esse jeito de andar, olhando para o chão, não me abandonou. Reconheço os lugares mais pelo pavimento que pela paisagem e nunca pensei em aprender a dirigir. Cabisbaixo foi outro dos meus apelidos. Na faculdade de direito, depois de alguns meses ninguém me chamava mais pelo nome.

Não me consolou o fato de o comissário desejar a mesma coisa a todos os demais passageiros. O estrago estava feito, as lembranças desencadeadas por aquela pequena formalidade. A memória não pede licença, não é treinada, não usa uniforme, nem oferece água ou suco, e principalmente não vai embora ao perceber que está estorvando.

Acomodado em meu assento do avião, lembrei-me da volta das viagens a Campos, quando meu espírito se preparava para as faixas que me esperavam na porta de casa. Eu sempre enjoava no ônibus e acabava vomitando pela janela, depois ficava torcendo para que o vento levasse logo o gosto ruim, a dor de cabeça e a vergonha do azedume que guardava no estômago. Ao descer, engolia em seco com medo de que meus pais sentissem o cheiro na minha garganta. Beijava-os rapidamente e com os lábios bem cerrados, mas eles não percebiam nada, provavelmente atribuíam minha pressa à timidez. Minha mãe tentava levantar meu queixo com a mão e me olhar firme nos olhos. No carro eu evitava falar, para que o ar não se impregnasse das lembranças da estrada. Via as frases estendidas na fachada, esboçava meu sorriso amarelo e ia correndo escovar os dentes.

As faixas me acompanharam por muito tempo. Quando entrei na faculdade, meus pais estenderam uma cumprimentando-me pelo terceiro lugar no vestibular. Ao me formar, penduraram outra, salve o mais novo advogado do Brasil. Quando abandonei a carreira de juiz, eles silenciaram, mas no dia do meu casamento escreveram, felicidades, filho, o quarto permanece seu — não gostavam de minha mulher — e na volta da lua de mel, com nosso apartamento ainda em reforma, a frase dirigida apenas a mim se repetiu. Era a de sempre, bem curta e no singular.

Nunca consegui olhar direito para as faixas de rua, mesmo as mais corriqueiras, família vende tudo, as que oferecem recompensa a quem encontrar um cachorro que fugiu, procura-se poodle branco perdido, atende pelo nome de Milu, criança doente, paga-se bem. Quando acompanhava minha mulher aos congressos para os quais ela sempre era convidada, eu evitava os jantares de confraternização, os coquetéis, ficava no hotel enquanto Antônia se divertia entre drinques e canapés. Chamava o *room service* e pedia um *club sandwich* ou uma omelete, qualquer prato que não traria surpresas, o garçom não me desejaria boas-vindas, no máximo diria, bom apetite, e esperaria pela gorjeta, com o corpo leve-mente curvado e as mãos educadamente aguardando, contidas.

Apenas numa ocasião tive coragem de pedir a meus pais que não pusessem faixa alguma na frente de casa. Depois de sete anos meu casamento acabou. Apesar da cerimônia na igreja, nunca compartilhei realmente a vi-da com minha mulher. Sempre a ouvia, mas conversá-vamos pouco. De início, na hora do jantar; depois nem isso. Nas nossas viagens eu carregava as malas, fazia o check-in e o check-out, e o resto do tempo ficava peram-bulando pelo hotel. Na cama, já no começo não houve entendimento, mas naquela época isso era atribuído ao fato de ainda não nos conhecermos muito bem. Com o tempo a inibição só cresceu, e o sexo era mais sinônimo de constrangimento do que de prazer.

Conhecemo-nos numa manhã de domingo, no Tea-tro Municipal, durante um concerto da orquestra da ci-dade. Estávamos sentados lado a lado. Antônia me pa-receu bonita desde o primeiro momento, embora eu tenha olhado pouco para ela durante o espetáculo. No final, ela tomou a iniciativa. Perguntou-me se costuma-va frequentar o teatro aos domingos ou se estava lá por causa da sinfonia daquela manhã. Eu disse que ia ao Municipal independentemente do que fossem tocar, que gostava de tudo, do centro da cidade vazio, dos fraques desalinhados, daquela orquestra pobre, dos concertos a preços populares, do público fiel. Eu não, ela disse, só venho quando tocam Beethoven, você sabia que, quando ele compôs esta obra, já apresentava sintomas fortes de surdez? Não falamos mais, ela desceu as escadas sem esperar resposta.

E assim foi também durante o casamento. Antônia perguntava mas não se preocupava com o que eu respondia. Nossas conversas se resumiam a longas explanações sobre o trabalho dela com os surdos ou a tese de mestrado na qual pretendia comparar a música com a linguagem de sinais. Mesmo nas brigas, eu apenas ouvia: ela inventava o motivo, desenvolvia o argumento, imaginava a réplica, e seguia assim, como numa sonata de Beethoven, primeiro a fuga depois os contrapontos em progressão geométrica. Nossas discussões eram na verdade monólogos dissonantes de Antônia, e só terminavam quando eu tapava os ouvidos e ela ia para o quarto gritando, surdo nesta casa basta um, referindo-se ao compositor alemão, é claro.

No dia em que falei que voltaria a morar com meus pais, ela balançou a cabeça, pôs para tocar a sétima sinfonia de Beethoven, a mesma que ouvimos naquele domingo no Municipal, e me ajudou a arrumar a mala. Liguei para meu pai, dei a notícia, disse que ficaria com eles até achar um apartamento e pedi, não pendurem faixa na porta desta vez, por favor.

Nesse momento, quando o avião se dirigia à pista de decolagem, minha rememoração foi interrompida pela voz do comandante que, quase engolindo as palavras, avisou, senhoras e senhores, por gentileza, um minuto da sua atenção, lamento informar que infelizmente estamos retornando ao terminal, um passageiro quer deixar a aeronave.

Preso às recordações, não havia reparado que uma das aeromoças distribuía jornais e revistas. Também não percebera a agitação da sua colega, que, já antes do anúncio do comandante, ia e vinha pelos corredores.

Ao lembrar que tinha visto a aeromoça agitada, primeiro atinei na semelhança física entre ela e Antônia, e só depois liguei seus passos rápidos com a fala do comandante. As duas eram altas e magras, tinham cabelos lisos até os ombros, traços fortes — o nariz e a boca eram grandes — mas equilibrados e bonitos; podia ver Antônia no traje da aeromoça, porém mexendo as mãos, falando sozinha, por sinais, no corredor do avião, como nos últimos momentos do nosso casamento.

Talvez esta seja a imagem mais forte que restou dos sete anos que vivemos juntos, o corredor do apartamento pequeno para tantos gestos com as mãos, a fala que só ela podia entender, Antônia reagindo ao meu silêncio na forma mais pura da expressão humana. Era assim que ela se referia à linguagem de sinais, que passou a empregar até mesmo quando estava sozinha. Dizia que só a música era tão perfeita, mas, por sorte ou azar, Antônia era desafinada, senão me atacaria com os acordes iniciais da quinta sinfonia de Beethoven e me acompanharia até a porta solfejando a *Sonata do adeus*.

Muitas vezes ela usava o aparelho de som para expressar sentimentos. Quando eu chegava em casa e ouvia o andante da *Sinfonia pastoral*, era porque o ambiente estava calmo; já um dos quartetos finais de Beethoven prenunciava tormenta iminente; as *Variações Diabelli* significavam que Antônia buscava inspiração criativa na música dedicada a Antonia Brentano. Na verdade, a mulher a quem Beethoven chamou de a Amada Eterna não serviu apenas de inspiração para minha esposa. Antônia apropriou-se do nome dela ao ler as três famosas cartas que o compositor escreveu ao mais marcante dos seus amores platônicos. Antônia, que até então atendia pelo nome de Augusta, constituiu advogado, arrolou todos os tipos de justificativa para a mudança desejada, e só sossegou quando conseguiu mudar RG, passaporte e título de eleitor. Com o novo nome estampado em cada um deles, ao lado de um carimbo oficial, ela se acalmou — embora tenha desenvolvido o tique de passar os olhos nos documentos nas horas mais inesperadas, no café da manhã, parada por segundos num sinal de trânsito, antes do banho ou ao deitar.

Gastaram-se quase dois séculos em discussões nos congressos sobre Beethoven para decifrar a identidade da Amada Eterna, já que seu nome não aparece em lugar algum. Foram necessários o cruzamento das cartas com os diários de Beethoven, a verificação das iniciais de todas as suas paixões e a checagem dos registros de entrada nas cidades onde ele postou as cartas, até se poder afirmar que foi Antonia Brentano a destinatária das três cartas que falavam de um amor tão desvairado quanto impossível. Sem isso, Augusta teria permanecido Augusta e eu não teria tido de ouvi-la discorrer tantas vezes a respeito daquele "amor incondicional".

Num de nossos primeiros encontros, Antônia declinou o nome de cada um dos amores fracassados de Beethoven: Giulietta, Marie, Thérèse, Bettina, Josephine... Cansado, tentei argumentar que não existia amor incondicional, o que não foi definitivamente uma boa ideia. Não que Antônia esperasse de mim algo do gênero, nem depois de casados fizemos juras ou declarações. O que não podia ser questionado era o amor de Toni Brentano e Ludwig. Quase não passamos daquele encontro. Só fui salvo porque assobiei um trecho de uma sonata, desnecessário dizer de quem.

Assobiar foi o que sempre fiz em momentos de tensão, ao receber uma notícia ruim ou em situações de constrangimento. Assobiei no meu último dia no tribunal, assobiei todas as vezes que notei os meninos na rua com meu apelido represado na garganta e uma risada sacana prestes a ecoar em minha direção. Assobiei inúmeras vezes para escapar dos acessos de fúria de Antônia ou ao ler notícias desagradáveis no jornal — a derrota de meu time de futebol, crises econômicas ou o aumento dos impostos.

Assobiei no avião, ao saber que voltávamos para o terminal porque um senhor de idade insistia em voar direto para Faro. Não adiantaram os esforços dos comissários e aeromoças em explicar que não existia voo direto, que era necessário viajar primeiro para Lisboa. O homem se exasperava, dizia que não sabia se algum parente o esperava na capital portuguesa, que não podia voltar para São Paulo, não lembrava se alguém o havia acompanhado até o aeroporto ou se tinha família no Brasil. A aeromoça parecida com Antônia tentava acalmar um grupo de passageiros ansiosos que xingavam o pobre velho, alguns ameaçando resolver a situação no tapa. Ouvi tudo sem sair do meu lugar, olhando para a cadeira da frente, fingindo folhear a revista de bordo, controlando para não notarem que era eu quem assobiava, e assobiava algo que certamente escutara com Antônia — ela sempre dizia, Beethoven tem música para todas as ocasiões.

É fácil identificar um colecionador. Sua personalidade maníaca salta à vista, é avesso à média, ao meio-termo. Se parece pacato, é porque dissimula bem; no espírito de um colecionador há sempre tormenta e tédio. No meu caso, só o tédio me aproxima desse tipo extravagante. O colecionador quer se superar todo o tempo, sem saber por quê. Eu não, sempre aceitei a monotonia, me alegro com ela, fico calmo, abaixo a cabeça. E assobio. No entanto, tenho que reconhecer que me tornei um colecionador involuntário. Nunca cobicei nada. Sou um colecionador sem manias, passivo. Coleciono apelidos.

Nunca escolhi as peças da minha coleção, e em geral não gosto delas.

O fato de assobiar desde pequeno originou um dos primeiros itens da coleção. Mais ou menos na mesma época em que na rua me chamavam de Bem-Vindo, na escola eu era conhecido por Bem-te-Vi. Uma análise morfológica diria que os meninos da rua e os do colégio falaram entre si. Nada disso. Por sorte ninguém da minha rua frequentava o mesmo colégio que eu. Mas a linguística tem sempre razão. Talvez eu tenha começado a assobiar ao ver as faixas estendidas na porta, em minha homenagem. Não lembro. Sei apenas que ninguém me ensinou, aprendi sozinho.

Pode ter sido na colônia de férias em Campos do Jordão, onde eu ficava andando de um lado para outro, com receio de abordar algum colega, eram todos mais velhos. Meus pais me mandaram viajar antes da hora, querendo que fizesse amigos a todo custo. Deviam perceber que eu sempre atravessava a rua ao ver os vizinhos se aproximarem; apressava o passo e entrava em casa assustado.

Pois na colônia de férias não foi diferente, e o apelido não tardou. No primeiro dia nos avisaram que a sesta era obrigatória. Ninguém podia sair do quarto, deveríamos ao menos deitar em silêncio. No segundo dia, com vontade de urinar, desci do beliche, procurei o monitor e pedi licença para ir ao banheiro. A licença me foi negada, e a partir daí passei a ser o Mijinho, nessas férias e nas seguintes. Nunca contei a meus pais minha alcunha mais cruel, mesmo tendo ido a Campos por cinco anos consecutivos. Os meninos mais velhos e mais fortes perguntavam meu nome, e, se eu respondesse corretamente, levava cascudos e puxões de orelha até dizer, Mijinho, meu nome é Mijinho. Indagavam o que ia ser quando crescesse, eu tinha que responder, Mijão, sou Mijinho e, quando crescer, vou ser Mijão.

Bem-Vindo, Bem-te-Vi, Cabisbaixo, Mijinho, essas foram apenas algumas das peças da minha coleção involuntária. Entre tantas outras. Antônia cunhou pelo menos cinco apelidos durante nosso curto casamento. Quando sentia desprezo, chamava-me de Rossini, o compositor italiano que Beethoven considerava fútil mas ao mesmo tempo invejava. Com ódio, ela me chamava de Schindler, o misto de ajudante, amigo e biógrafo que falsificou os diários de Ludwig em busca de maior proeminência na posteridade. Quando se sentia frustrada com meu desempenho na cama, tratava-me de Napoleão, o general que Beethoven adorava e que tanto o decepcionou ao se transformar em ditador.

Os dois outros apelidos foram os únicos que me deram relativa satisfação. Alegre, em vez de um eventual gesto de ternura, Antônia me chamava de Kaspar ou Victor. Sua voz tornava-se quase doce ao pronunciar o nome do homem que foi criado numa jaula por um desconhecido e o do menino abandonado pela família numa floresta no sul da França, longe de qualquer contato com a civilização. Como as crianças surdas de nascença e que não têm acesso desde cedo à linguagem de sinais, Kaspar

Hauser e Victor, o menino selvagem de Aveyron, sem conhecer as formas normais de comunicação, também não desenvolveram todas as suas possibilidades cognitivas e acabaram se transformando em cobaias ou em atração pública para sociedades ávidas por entender cientificamente a natureza humana. Quando encontrados, Kaspar e Victor não possuíam história pessoal com a qual saciar a curiosidade dos tutores, cientistas e populares que os cercavam. O segundo, possivelmente surdo de nascença, jamais chegou a aprender a falar. Sem linguagem, praticamente não tinha lembranças.

O velho hesitava entre permanecer na aeronave e descer. A situação impacientava os passageiros e desconcertava os tripulantes. A aeromoça alta era a mais empenhada em convencer aquele senhor de óculos de armação pesada, terno cinza e expressão pacata a sair do avião. Caminhei na direção deles, próximo às últimas poltronas, sentando-me algumas fileiras antes. Pude ouvir a conversa, que não saía nunca do ponto inicial. A aeromoça tentava em vão reavivar a memória perdida do passageiro. Ele se lembrava do endereço onde vivia em Faro, estrada da Penha, perto do cemitério dos judeus, repetia, mas não se recordava de esposa, filhos, netos nem de nenhum familiar. Também havia esquecido o que o trouxera a São Paulo, ou mesmo quem o embarcara no voo. Ao ser confrontado com seus lapsos, não aparentava preocupação; pelo contrário, sorria como uma criança que jogava o jogo da memória e não se importava em perder sempre.

O homem se espremia no assento ao balançar a cabeça, negando-se a descer. Se saísse, não saberia para onde ir. Se ficasse, não chegaria ao único destino reconhecido em suas lembranças, a cidade que ele descrevia em detalhes e com gosto. Em certo momento disse que gostaria de ir até a porta do avião, queria olhar para fora; pediu licença à aeromoça, que acedeu com certa esperança. O velho andou até o outro extremo da aeronave, sorrindo para os passageiros que olhavam para ele irritados, mas não soube retornar a sua poltrona. Sentou-se no meio do caminho, no primeiro lugar vazio, ajeitou os óculos e gritou na direção da cabine do piloto, toque logo para Faro, pá.

Em maio de 1809, quando as tropas de Napoleão cercavam Viena, uma bomba atingiu o jardim da casa onde Haydn agonizava. Enquanto isso, Beethoven refugiava-se na adega de seu irmão Caspar, com dois travesseiros colados aos ouvidos. Sua audição já era limitada — os primeiros sintomas de surdez haviam surgido mais de dez anos antes —, e ele buscava proteger o que chamava de "seu bem mais precioso". Infeliz e solitário, ao se dar conta de que tinha dificuldade para ouvir, o compositor escreveu a um amigo dizendo que estava sendo afastado de tudo o que lhe era caro; na sua profissão, não ouvir bem era motivo de vergonha e justificava o isolamento social, que ao longo do tempo só se acentuou.

Durante quase toda a vida seus problemas com a audição foram associados a distúrbios intestinais. Surdez, cólicas e diarreia crônicas se explicavam, umas às outras, e eram tratadas como uma só moléstia. Com banhos no rio, ou de imersão — em água fria, morna ou quente, de acordo com o médico da oportunidade. As viagens a estações de repouso foram constantes. Nelas, Beethoven submeteu-se a tratamentos com infusões, aplicações de óleo, emplastros, pomadas, tinturas. O tifo, a índole raivosa, a exposição a uma chuva torrencial ou o costume de ficar sem camisa à janela enquanto compunha também serviram de explicação para os males que o acometeram. Chamava sua saúde de o "demônio ciumento", por não lhe permitir dedicação total à música. Quando, durante um passeio no campo, não ouviu o som de uma flauta doce, pensou em morrer: "Que vão dizer de mim, um músico que não ouve o canto de um pastor?".

Seu temperamento frequentemente taciturno e raivoso era uma marca pessoal. Muitos de seus conhecidos diziam que ele tinha olhos negros. Outros garantiam que o azul-claro de suas íris se tornava negro nos momentos de fúria.

Certo dia, quando tentava compor uma nova ópera, Beethoven irritou-se com o assédio de um tenor impertinente, desejoso de árias à altura de sua vaidade. Ao notar que o tenor batia mais uma vez a sua porta, o compositor, enfurecido, atirou-se no assoalho e esmurrou o chão. Disse ter ficado surdo nesse dia, ao levantar-se. Maldita raiva.

Antônia discursava sobre seu ídolo para menos de trinta pessoas num auditório improvisado.

Como a palestra fazia parte de um conjunto de atividades dirigidas também a familiares de deficientes auditivos e a interessados em problemas de audição, Antônia não expunha suas ideias na linguagem dos sinais, mas, enquanto falava, uma moça negra muito bonita traduzia a conferência para os surdos. Eu não sabia bem se olhava para Antônia ou para a intérprete, cuja expressão facial conferia ênfase às sintaxes perdidas no ar enunciadas pelas mãos. Os dedos, as palmas e os pulsos revelavam uma agilidade que eu desconhecia. Marcavam também o tempo na vida de Beethoven. Giravam trezentos e sessenta graus, saltavam para a frente e para trás, ocupavam o ar com a mesma naturalidade com que respiramos. Eu tinha a sensação de estar assistindo a um teatro de marionetes sem rosto, ou à regência de um concerto silencioso, cortado ao fundo pela voz de Antônia. Os surdos, sentados nas fileiras da frente, mantinham-se atentos. Apenas um casal, no canto do salão, discutia através de sinais, provavelmente alguma questão íntima, enquanto Antônia contava que Beethoven, num ensaio da *Sinfonia heroica*, não conseguiu ouvir os sopros, e sobre o momento em que ele deixou de se apresentar em público como pianista. A maioria dos presentes olhava fixamente para a moça negra, e para eles a discussão ao lado era parte do silêncio. Foram poucos os que notaram a afobação do casal ou se incomodaram. Para mim, que não entendia a língua dos surdos, a briga interferia na fala de Antônia e disputava meu olhar com a gesticulação da tradutora.

Os outros pareciam mais interessados em saber como a surdez afetou o desempenho do pianista virtuoso que já não podia ouvir o acompanhamento de um violino nem discernir a intensidade com que deveria pisar nos pedais. Nos gestos da intérprete viam Beethoven fugindo da vida social e explicando seus infortúnios amorosos pela necessidade da solidão, enquanto se transformava no maior compositor de todos os tempos. Antônia não se cansava de repetir: o maior compositor de todos os tempos nunca ouviu grande parte de suas criações, não pôde regê-las ou teve que fazê-lo humilhado, com outro maestro às suas costas aprumando suas indicações para a orquestra.

No entanto, eu me perguntava que compreensão ou interesse os surdos podiam ter pela vida de Beethoven, já que obviamente nunca escutaram suas músicas. Com certeza Antônia jamais se preocupou com isso. Levou seus alunos inúmeras vezes à ópera, em exibições que ofereciam um tradutor no canto do palco; esse intérprete, além de gesticular o texto, imitava a expressão dos cantores para que os olhos dos espectadores não se perdessem em tantos ires e vires.

Com entusiasmo crescente, compartilhado pela moça negra, ela falou como a música do compositor ganhou complexidade depois da sua surdez, incorporando a dissonância e expondo abertamente as fraquezas ou variações de humor de Beethoven. Nos últimos seis anos de vida, completamente surdo e cada vez mais afastado do convívio social, ele escreveu: "Meu mundo é em outro lugar".

A vida com Antônia me levou a pensar que essa frase combinava também com ela. Nas poucas vezes que lhe perguntei algo, não me lembro de ter ouvido resposta. Assim foi no nosso primeiro encontro, e no seguinte, quando eu terminara de assistir a mais um concerto dominical; o compositor não era Beethoven, mas Antônia estava do lado de fora do teatro, aparentemente à minha espera. Perguntei-lhe se assistira ao concerto e ela não respondeu. Nunca soube se fora ao Municipal por minha causa, ou se abrira uma exceção para Händel e Bach, dois dos preferidos de Beethoven. Como reação à minha pergunta, puxou-me pelo braço e me levou a um boteco, dizendo supor que eu não teria compromisso melhor. Nessa ocasião contou-me pela primeira vez do trabalho com os surdos, e me convidou para a palestra que daria sobre a vida de seu ídolo numa das instituições que fre quentava. O resto do nosso almoço foi marcado por longos períodos de silêncio; eu já desconfiava que, se fizesse uma pergunta, não receberia resposta, e Antônia, quando não falava dos seus interesses pessoais, olhava com intensidade para mim, o que me fazia pensar em afundar a cara no sanduíche de pernil que pedira, ou na mesa de fórmica verde do restaurante, no chão de ladrilhos, na calçada da Xavier de Toledo. Se eu pudesse, sairia correndo daquele lugar, com medo dos olhos firmes de Antônia. Não saí, e fui a sua palestra, "Beethoven para surdos", alguns dias depois.

No avião a situação se complicava. Ninguém conseguia chegar a um acordo com o homem de poucas recordações. Ele mal parava no assento. Os óculos de lentes grossas não permitiam que suas expressões fossem vistas com nitidez. Apenas a negativa a se lembrar de algo ou a sair do avião estava clara. Ir direto para Faro era seu único desejo. Com medo de que não houvesse ninguém à espera dele em Lisboa, ou de alguma reação incômoda durante o voo, a tripulação resolveu que era mais seguro tirá-lo da aeronave. Para poder pegar a bagagem no compartimento, era necessário o comprovante cujo paradeiro o velho desconhecia. Uma das aeromoças pediu licença para procurar o papel em seus bolsos, e ele mal pareceu se dar conta do movimento delicado das mãos que evitaram ao máximo roçar-lhe a pele.

Vi seus passos lentos e pesados deixarem o avião, mas durante toda a viagem não consegui me desligar da imagem do velho com Alzheimer; ela se misturou a minhas lembranças — as faixas na porta de casa, as férias em Campos, a vida com Antônia. Até chegar a Lisboa, olhei obsessivamente para o assento que ele deixara vazio.

Mostrei o passaporte no setor de imigração, esforçando-me para fixar o olhar no policial que comparava a foto com a pessoa, o que sempre julguei embaraçoso — nas viagens com Antônia eu queria logo dizer, sim, sou eu, me deixe passar. Tendo resgatado minha bagagem, notei que duas malas continuavam girando na esteira. Apesar de pronto para sair, continuei enquanto as malas davam voltas solitárias, sem nenhum passageiro no local. Deixei o saguão algum tempo depois de um homem que saíra às pressas do banheiro recolher uma delas. Vi a outra ser levada por um funcionário da companhia aérea. Parecia tão volumosa quanto leve.

Dirigi-me à fila dos táxis. Entrei no carro sem cumprimentar o motorista, que, emburrado, guardou minha mala no bagageiro. O homem partiu em marcha lenta, esperando, com a cabeça levemente inclinada para o banco de trás, alguma indicação do meu destino. Disse finalmente o endereço do hotel, rua das Janelas Verdes, por favor. Reparei que ele tinha sobrancelhas muito grossas e que seu cabelo grisalho alcançava a nuca. Tentei lembrar a cor dos olhos do taxista que me levara ao aeroporto em São Paulo. Em vão. Abri a janela à minha direita e, ao ver um outdoor com os dizeres, bem-vindo a Portugal, abaixei a cabeça.

O síndico

Quando me mudei com a Lúcia para aquele apartamento, ele foi o primeiro a nos receber. Apresentou-se como o síndico do prédio e fez questão de afirmar duas vezes, há mais de doze anos. De início pensei que repetira a frase apenas para enfatizar, mas não, era um tipo de tique nervoso, ele sempre dizia duas vezes a frase final. Com o tempo, percebi que usava retoricamente o tique a seu favor, deixando para o fim o que mais lhe interessava. Ao enumerar as regras do condomínio, ressaltou aquilo que esperava de todos os inquilinos, discrição e respeito à tranquilidade dos vizinhos, e propositadamente terminou o discurso com o elogio maroto. Medindo-nos de cima a baixo e sorrindo com o canto dos olhos, comentou, as jovens não têm cara de festeiras, não, mesmo sendo tão bonitas, mesmo sendo tão bonitas. Falou que esperava que não recebêssemos muita gente, o prédio era pequeno, só tem um elevador, ele disse, fica aquele entra e sai, aquele entra e sai. Não tardou a querer saber se tínhamos namorados. Lúcia e eu estranhamos a pergunta, quase respondemos juntas, não é da sua conta, meu senhor, mas ele nos interrompeu, prevendo alguma reação, e se apresentou formalmente, até agora não disse meu nome, é Francisco, se preferirem seu Chico, seu Chico.

No dia seguinte, mal havíamos acordado quando a campainha soou. Era o síndico, que, sem esperar convite, deu dois passos — logo que abri a porta, ainda com os olhos meio cerrados, evitando a claridade da manhã — e postou-se na sala, enquanto falava, com licença, mas já fui entrando, não é?, com licença é modo de dizer, é modo de dizer. Ontem deixei de dar algumas informações importantes, melhor falar logo, para não esquecer, para não esquecer. Disse que, se quiséssemos trocar a fechadura, teríamos que avisá-lo, guardava cópias das chaves de todos os apartamentos, ele mesmo as moldava. Frisou que eram de ótima qualidade, sou um exímio chaveiro, esse é meu hobby desde que me aposentei, e descreveu o material utilizado, o modelo da chave, chegando ao número de série, que nesse caso repetiu em tom mais alto. Lúcia ouvia tudo à distância, na porta de seu quarto, abraçando o roupão que vestia, como se sentisse falta do edredom ou para garantir que seu Chico não visse os trajes que usava para dormir. O síndico explicou que copiava as chaves apenas por segurança, e relatou o vazamento que quase destruíra os livros do professor universitário do sétimo andar, bem como o princípio de incêndio que ocorreu por conta de um curto-circuito no secador de cabelo da madame quando a família já saíra do 91 B, entre outros eventos nos quais ele apareceria, providencialmente, como herói. Vangloriou-se da intuição que teve ao ouvir um barulho estranho quando passava pelo hall do nono andar, parecia guizo de cascavel mas era o secador, era o secador! Nesse momento eu não me contive, disse que já tinha morado em vários condomínios e que em nenhum deles a chave ficava de posse do síndico, no máximo em alguns casos se deixava uma cópia com o zelador. Seu Chico falou que regras são regras e que ali era assim, há doze anos, ninguém nunca reclamou, ninguém nunca reclamou. Depois repetiu que, se algum amigo fosse frequentar o prédio assiduamente, seria bom que o apresentássemos a ele, assim não preciso pedir explicações, pedir explicações. Esperou para ver se dizíamos algo, mas, perdidas entre o sono e o susto, ficamos quietas. Saiu sem se despedir, ou melhor, despediu-se medindo-nos novamente. Deve ter reparado que eu usava uma camiseta leve, que não estava de sutiã, e, já de costas para mim, sorriu.

De manhã, quando eu ia para o trabalho, encontrava o síndico na portaria. Notei que ele sempre estava com a mão direita no bolso, mexendo num volumoso molho de chaves, enquanto umedecia os lábios. A ideia de ter um velhinho bisbilhoteiro nos espreitando, constantemente inquirindo sobre questões íntimas, com aquele olhar malicioso, me incomodava cada vez mais. E cada vez mais as perguntas revelavam que seu Chico prestava atenção exagerada em nosso cotidiano, queria saber quem havia jantado conosco na noite anterior, foram quatro garrafas de um bom vinho português, ou por que eu deixara de ir à academia no fim de semana, algum programa especial, algum programa especial?

Não havia jeito, a cada dia seu Chico inventava alguma regra ou fazia uma nova pergunta indiscreta. Eu chegava no trabalho irritada, comecei a me desconcentrar. Deixei escapar erros nos textos de dois jornalistas, e o editor me advertiu. Não podia falhar na checagem dos fatos, minha especialidade numa revista reconhecida pela precisão. Passei a imaginar o apartamento invadido, o síndico dentro do meu quarto dizendo, tudo salvo, graças a mim, graças a mim.

Certa noite acordei sobressaltada, havia sonhado que seu Chico mexia em meu armário enquanto na redação eu revisava o perfil do ministro da Economia, a voz conservadora do novo governo de esquerda. No sonho, o ministro tinha a cara do síndico, e seu Chico aparecia de terno e gravata na matéria, esbravejando contra os que previam a volta da inflação. Da revista, eu corria para casa, onde encontrava o ministro segurando o molho de chaves ao mesmo tempo que cheirava minhas calcinhas, os meus sutiãs espalhados pelo assoalho e a torneira da banheira aberta, vazando água para simular uma inundação.

Lúcia, por seu lado, foi se acostumando com o ambiente do prédio, e não dava muita atenção ao síndico. Senti vergonha de contar a ela minhas novas fantasias: meu namorado e seu Chico conversando sobre meus hábitos mais íntimos, seu Chico passando minha roupa e jogando fora peças que não eram do seu gosto, ou trocando o perfume no meu banheiro por água de rosas e pondo no lixo as velas com incenso de patchuli.

Depois de alguns meses resolvi me mudar. Lúcia estava mesmo querendo morar sozinha. Aproveitei a ocasião e o pretexto de ser uma amiga compreensiva para me ver livre daquele lugar e de seu Chico. O condomínio que escolhi era o oposto: três torres altas, totalmente impessoal. No entanto, não tive sucesso no meu principal intuito. Continuei sonhando com seu Chico quase todas as noites. Imaginava-o frequentando a academia do condomínio onde passei a viver, paramentado com roupas esportivas coloridas e justas, se tornando síndico do novo prédio, com um molho de chaves muito maior, agora pendurado no pescoço, lustrando e beijando os móveis do meu quarto, bisbilhotando cada vez mais a minha vida. No começo cheguei a pensar em fazer análise, para me libertar dos sonhos recorrentes, porém logo desisti da ideia. Coloquei uma boa tranca na porta e cadeados nas gavetas de roupas. Troco o segredo de tempos em tempos, mas nos sonhos seu Chico sempre dá um jeito de destrancá-los. Decidi conviver com essa situação, e digo a mim mesma enquanto preparo o café da manhã, deixa estar, deixa estar.

A voz

Quando voltei da última colônia de férias em Campos do Jordão, meus pés não paravam de coçar. Eu tentava desesperadamente me livrar da coceira, e deixava os dedos em carne viva. O médico recomendou banhos de permanganato de potássio ao menos seis vezes por dia, disse nunca ter visto micose tão agressiva. Alertou que as unhas poderiam cair, ou escurecer para sempre, pelo contato frequente com o pó roxo escuro que até deixava manchas no bidê. Eu passava horas sentado, pensando que minhas unhas estavam se desintegrando aos poucos, imersas naquela água de tom fúnebre. Minha mãe, vendo-me contemplar os pés, queria me fazer companhia, mas eu preferia ficar só, como se o tratamento da micose fosse algo pessoal, que nem com ela eu podia compartilhar. Meus pés no bidê aparentavam ser ainda menores do que eram. Eu achava que só estava doente, sem sair de casa, por causa deles. Se fossem maiores, não haveria espaço entre as botas e os dedos, e os micróbios não teriam se infiltrado com tanta facilidade, e em tão farta companhia. Culpava-me por querer parecer mais velho, ao mesmo tempo que recriminava silenciosamente meus pais por terem me enviado tão jovem à colônia.

Cheguei a Campos calçando botas dois números maiores que o meu na época. Depois, em casa, passei dias contemplando os pés, abrindo os dedos para o remédio penetrar no exíguo intervalo entre eles. Aprendi assim a me entreter sozinho, inventando histórias com o pé no bidê. Olhava para as unhas, às vezes mais visíveis, às vezes turvas pelo pó escuro, e a imagem dos pés afundados nas sombras me levava para longe da casa paterna. A água violeta funcionava como um espelho encantado, ou uma lamparina de onde saíam animais selvagens, panteras-negras, águias de bico longo, todos comandados por mim. Eu escutava o silêncio da casa ao agitar os pés na água como se estivesse no mar. Lia o futuro nos tons de roxo do bidê, como as quiromantes leem as linhas da mão, ou como minha bisavó lia a borra de café não coado deixada nas pequenas xícaras de porcelana. A colônia onde quase não conversei com os meninos mais velhos e o tratamento dos pés que não conseguia dividir com ninguém me tornaram menos dependente do convívio social, mais atento ao que ouvia do que preparado para falar.

Na colônia, enquanto os micróbios infestavam meus pés, eu me encantei com uma voz. Faltavam poucos dias para voltarmos a São Paulo, e a seleção brasileira faria seu terceiro jogo na Copa do Mundo da Inglaterra. Estávamos todos amontoados em torno de um grande rádio de madeira, de cujo centro forrado de tecido saía a voz do locutor que tragicamente narrou nossa eliminação. Era uma briga de cotovelos para ver quem ficava mais próximo do aparelho — ouvir de perto parecia equivaler a sentar-se num lugar privilegiado dos estádios onde acontecia o campeonato. O responsável por nossa derrota foi o moçambicano Eusébio, eleito o melhor jogador do torneio e autor de dois gols do time português que venceu o Brasil por 3 a 1. Apesar de ter sido o melhor jogador em campo, seu nome quase não foi mencionado durante a narração. O radialista chamava-o apenas de O Pantera Negra.

No entanto, minha lembrança daqueles dias ficou menos marcada pela figura do jogador terrível, meio homem meio fera, do que pela voz do locutor. Acomodados os cotovelos, o silêncio era tal que só se ouviam os estalos da lenha queimando na lareira, além da descrição minuciosa da entrada dos atletas em campo, do uniforme brasileiro e da posição dos jogadores durante a execução do Hino Nacional. O tecido bege, de onde brotava a voz ao mesmo tempo possante e aveludada do narrador, tornava mais grave o som do rádio.

Apesar da tristeza com o resultado, fiquei fascinado pelo modo como o locutor se expressava. Ele criava imagens inusitadas. Descrevia o campo como o "tablado das chuteiras", o gramado, como um "teatro esverdeado", e chamava os jogadores da seleção de "cavaleiros do reino tropical". Enchia a boca com metáforas de todos os tipos: a arquibancada era o "coliseu das multidões", o placar era o "relógio do destino", e o tempo de jogo, o "cronômetro das emoções".

Pouco depois de voltar da colônia de férias, com o pé já curado e a pele dos dedos devidamente trocada, passei a frequentar o estádio de futebol perto de casa, sempre levando um radinho de pilha colado na orelha para ouvir o locutor que conhecera naqueles dias fatídicos. Ia sozinho, sentava-me na arquibancada, independentemente do time que estivesse em campo, e assistia ao jogo como se fosse um balé, uma ópera ou uma peça de teatro, seguindo as metáforas do radialista. Cheguei a imitá-lo algumas vezes: usando uma lata de extrato de tomate vazia para amplificar a voz, tentava descrever com imagens rebuscadas o que ocorria no estádio. Desisti da carreira de locutor quando um torcedor, irritado com a derrota do seu time, deu um safanão na lata e disse, cala a boca, pirralho, não vim aqui para ouvir meu time perder, ver já é suficiente.

Nunca mais narrei partidas de futebol em arquibancadas, mas continuei a ir vê-las nos estádios, invariavelmente com o rádio na mesma posição. Se assistia aos jogos em casa, eliminava o som da TV e acompanhava a transmissão guiado pelas palavras do mesmo locutor.

Ainda menino, procurava imaginar o rosto dele, sua

estatura, se aquela voz pertencia a um homem alto e gordo ou, ao contrário, frágil, se o timbre vinha do seu diafragma ou do coração. Queria saber como ele reagiria se me visse com o radinho colado na orelha, se me cumprimentaria orgulhoso ou daria um tapinha no meu cocuruto em sinal de reconhecimento. Fantasiava seu jeito de estender a mão, um cumprimento frouxo e indiferente, ou firme a ponto de fazer doer meus dedos franzinos.

Nenhuma dessas dúvidas se resolveu, até que, muito tempo depois, já adulto, vi a foto do locutor esportivo na página de obituários do jornal. Conheci seu rosto ao perder sua voz. Lembrei-me da colônia de férias, dos colegas debruçados sobre o rádio, das arquibancadas que havia deixado de frequentar e dos anos que se passaram, assim como daquela derrota do Brasil. Nunca me esqueci dele, da sua voz dizendo no final do jogo, restam-nos ainda dez minutos de esperança, cinco minutos, três, dois, um.

Quem é?

A mania começou quando eu tinha seis anos e já alcançava as campainhas. Terminava o dever de casa, falava para minha mãe que iria brincar no playground do prédio, mas na verdade eu descia as escadas já com o coração na mão, tocava a campainha dos apartamentos e saía correndo. Do andar de baixo, ou de cima, ficava ouvindo a pergunta, quem é? Deliciava-me com a dúvida dos moradores e media, pelo número de vezes que insistiam na interrogação e pelo barulho das portas se fechando, o nível da indignação causada. Procurava não repetir os apartamentos, dar um tempo, mas, apesar de o condomínio ser enorme, quatro blocos, seis apartamentos por andar, às vezes eu esquecia e chamava a atenção desnecessariamente. Assim, em alguns casos ouvi xingamentos do tipo, moleque safado, que desplante! O prazer era proporcional à reação. Numa ocasião quase fui pego, em outra presenciei por acaso a reclamação de uma senhora ao síndico. É a glória, pensei.

Certa vez, tão tonto e excitado com o meu passatempo, toquei por engano a campainha de casa. Que susto ouvir a voz doce de minha mãe dizendo, tem alguém aí? Quem é? Acabou servindo como disfarce; o trote já estava manjado no prédio, e, embora eu não fosse o único moleque, era sem dúvida um dos suspeitos. O síndico mencionara o problema na reunião de condomínio, pedira aos pais que repreendessem os filhos, aquilo era um desrespeito. Minha mãe logo disse, meu filho não, ele não é disso, e contou que tinha sido alvo da mesma brincadeira.

Mais velho, comecei a me aventurar nas ruas, passeava pelos bairros das redondezas, entrava em alguns edifícios, mas aos poucos me cansei e passei a querer algo mais emocionante. Tocar campainha em casas e sair de fininho trazia um risco maior e exigia técnicas diferentes.

Para poder ver a reação das pessoas, eu tinha que ficar por perto, dissimuladamente. Alguns nem abriam a porta. Eu percebia que espiavam pelo olho mágico e os ouvia gritar, cada vez mais alto, quem é? Se depois resolvessem abrir, eu me escondia atrás de um carro; se não, antes mesmo de sentir mexerem no trinco da porta, corria. Com três passadas largas já dava para não ser visto, ou para me recompor e parecer um simples transeunte. Até notarem que não havia ninguém nas laterais da entrada, eu já estava longe.

Assim, por anos explorei toda a cidade. Escolhia um bairro residencial, estudava o mapa, selecionava as ruas que tinham transversais próximas e seguia em frente. Não chegava a prestar atenção em muita coisa, fora os modelos de campainha, os muros, olhos mágicos, portas e cercas. As árvores me interessavam, mas como esconderijo. As praças, como refúgio. Era minha forma de conhecer São Paulo, ouvindo exclamações bem variadas. Nos bairros elegantes, se a dona da casa atendesse, a reação costumava ser lenta. Mais despachada no caso dos criados. Nos bairros pobres, a brincadeira era facilmente identificada, e menos emocionante. A dúvida durava pouco, o tempo era mais escasso. Quanto mais próspera a vizinhança, mais divertido o trote.

Com o tempo as coisas mudaram. Em muitos bairros praticamente deixaram de existir ruas sem guardas ou residências sem sistema de segurança com monitores de TV. Então saí à caça de ruas desprovidas de guaritas e desenvolvi técnicas para encontrar o ponto certo em que as câmeras não me alcançavam, dando preferência a casas de esquina ou me agachando quase rente à calçada, pronto para zarpar ao menor ruído vindo do portão.

Lembro-me bem da tarde em que isso tudo acabou. Estudei as ruas que ainda não conhecia no bairro da Aclimação, para onde fui quase com a mesma emoção da época do prédio na rua Itambé. De início, nenhuma novidade. Na primeira casa quem atendeu foi um senhor que pouco falou, conformando-se com um possível engano, afinal a idade avançada... Na segunda, a criada emitiu um sonoro palavrão, culpando o destino ou a luta de classes. Na terceira, porém, ocorreu algo inusitado. Era uma casa charmosa, com um pequeno jardim. Lá dentro vi uma mulher alta, com seus trinta e tantos anos, lendo reclinada numa poltrona de couro volumosa e confortável. O toque da campainha não gerou reação. No segundo toque, vi-a estender uma das mãos, de costas, sem olhar para a janela, como que dizendo, calma, já vou. Esperei escondido atrás de uma caminhonete de entrega. Passado um tempo sem que nada acontecesse, tornei a tocar a campainha. Da rua escutei os passos delicados da mulher dirigindo-se à entrada e resolvi aguardar. Na sequência, estendendo o braço direito, ela abriu a porta sem olhar para a rua. Manteve o outro braço imóvel, na mesma posição. Com três dedos sustentava o livro aberto. Não piscou nem interrompeu a leitura, permanecendo com os braços esticados, voltada em direção ao interior da casa. Não tentou me ver. Em seguida ouvi sua voz dizer suavemente, entre, meu bem, entre.

Aquela foi a última vez.

Kadish

Ele sempre cantava olhando para o céu. Mesmo se a ária não se referisse às estrelas, ao luar ou ao firmamento. Era como se de lá viesse sua voz e para lá também se encaminhasse — um diálogo com as coisas do alto. Tudo ficava ainda mais natural quando os trechos das óperas literalmente conduziam seu olhar para o céu. Gostava especialmente do momento em que o egípcio Radamés prometia a Aída — sua amada escravizada pela guerra — que lhe devolveria os céus e para ela construiria um trono próximo ao sol; ou então quando Cavaradossi, na *Tosca*, antes de ser fuzilado, lamentava o brilho das estrelas, que nunca mais veria. Repetia à exaustão essas duas árias, sem dar importância a seus sentidos quase opostos.

Desde pequeno, ao sair do Teatro Colón, escolhia o

caminho das ruas vazias, onde pudesse cantar imitando seus ídolos, Tito e Beniamino, sem ninguém ver. Como não ignorava que todos os grandes tenores cantavam mirando a plateia com o canto dos olhos, ele, por vezes, mantendo a cabeça ereta, revirava as pupilas em direção ao meio-fio. Do mesmo modo que Tito e Beniamino, não gostava de soltar a voz à toa, valorizava a respiração e achava que o canto deveria sempre encerrar naturalidade e delicadeza.

Tito Schipa costumava dizer: "Ponha as palavras nos seus lábios e cante". Sugeria que os tenores treinassem com uma das mãos na barriga, para que a respiração se desse no encontro das duas últimas costelas. Aí, sim, o canto brotaria espontaneamente. Beniamino Gigli recriminava qualquer som gutural ou nasal, e ensinava seus discípulos a cantar como se a voz caminhasse sobre as palavras e a respiração.

Em casa, ao ouvir as gravações dos seus dois cantores favoritos, ou andando pelas ruas de Buenos Aires após as óperas e récitas, ele se imaginava nos papéis preferidos de seus ídolos. Nunca chegou, porém, a trajar os figurinos de Andrea Chénier, de Otelo, ou qualquer outro.

Quis seguir carreira, estudou bastante, procurou um agente, mas fracassou. Embora sua voz fosse bonita, seu aspecto físico era estranho, e, ao cantar, fazia sempre um bico com os lábios. Levava muito a sério a tentativa de cantar suavemente, mas não conseguia deixar de fazer aquele bico, como o de um pássaro. Quase passou num teste com um maestro genioso que ouvia de olhos fechados os candidatos. No entanto, nos últimos instantes da audição, o regente abriu os olhos, e balançou os braços em sinal de reprovação ao mesmo tempo que imitava o bico do jovem cantor.

Ele teve de se conformar em cantar apenas para si próprio, em sua casa, ou nas ruas desertas depois dos recitais. Assistiu à última apresentação de Beniamino Gigli no Teatro Rex, e foi até mesmo aos shows de tango de Tito Schipa, ainda que detestasse a música típica de seu país.

Sem alternativa, passou a trabalhar numa sinagoga. Conhecia os ritos de cor. Seu pai era religioso e, quando ouvia o filho cantar, desejava vê-lo celebrar o santo dia em que Deus, depois de criar o universo, descansou.

Com o manto e a boina de *hazan*, ele cantava sem devoção; sonhava com o dia em que, vestindo os trajes supercoloridos que trocaria a cada ato, contracenaria com as grandes sopranos, em duetos nos quais o destino invariavelmente conspirava contra o amor. Pelo menos muitos dos ritos judaicos eram solenes, e o jovem podia cantá-los com a cabeça voltada para o alto e quase sempre de costas para a plateia. Assim, poucos reparavam no tal bico, que nem ao falar com Deus ele conseguia evitar.

Apesar de envergonhar-se do manto longo e da boina de cantor de sinagoga, sentia sincera alegria ao imaginar a felicidade do seu pai no Yom Kippur, sentado na primeira fila enquanto ele, cercado pelos anciãos da comunidade, pedia perdão pelos judeus que, ao serem perseguidos, foram obrigados a assumir outras crenças.

Mas isso não bastava. Para ele, era insuportável viver em Buenos Aires sem subir no palco onde seus ídolos se apresentavam. Passava na frente do Teatro Colón e se imaginava aplaudido no final da cena em que cantava, agonizante, após um duelo com o marido de sua amada. Cerrava os olhos e se via no papel do palhaço que, com o coração partido por conta da infidelidade da esposa, fazia os outros sorrir.

Ao receber um convite para oficiar os cultos religiosos numa sinagoga de São Paulo, não teve dúvida; pediu desculpas ao pai, mas preferiu entoar bênçãos e preces longe do palco do Colón.

A coletividade judaica paulistana o acolheu. Gostaram de sua voz, aceitavam seu jeito quieto e pouco afeito à vida social. Mas as reações ao bico que fazia ao cantar não tardaram; alguns risos na plateia, as senhoras mais recatadas tapando a boca com as mãos, a galhofa dos rapazes sentados na ala masculina da sinagoga. Por causa do bico e da cabeça sempre voltada para o céu, passou a ser conhecido como O Canarinho, a despeito dos esforços dos líderes da comunidade, que temiam ofender um *hazan* tão qualificado.

Aceitou resignado o destino de cantor de sinagoga e não se importou com o apelido, no qual até viu um consolo: o jovem Beniamino Gigli, que costumava cantar no alto da torre da igreja da sua cidade natal, também era chamado de O Canarinho.

Quando se mudou para São Paulo, o cantor de sinagoga alugou a casa geminada à minha. Em muitas tardes, da varanda, eu o ouvia cantar árias de ópera ou canções napolitanas. E reparava quando ele saía a caminho da sinagoga, sempre taciturno, por vezes como se cantasse em silêncio. Certo dia, dirigiu-se ao culto já com o traje apropriado, um manto longo e escuro, cheio de pregas, e um boné achatado com um pompom no topo. Seu semblante indicava uma mistura de pressa e vergonha. Na rua alguns garotos gritaram seu apelido, outros o chamaram de urubu. Sem esboçar reação, ele apenas acelerou o passo, com o livro de reza colado ao peito.

O Canarinho nunca soube do que tínhamos em comum. Aliás, não chegou a falar comigo, e talvez nada teria dito se viesse a saber que eu era chamado de Bem-te-Vi pelos meninos da rua.

Com o tempo, deixei de ser conhecido por viver assobiando e ganhei outros apelidos. O Canarinho mudou de sinagoga, desocupou a casa ao lado da minha, perdi-o de vista. Não ouvi mais ópera através das paredes e não tive mais notícias do homem que cantava com o bico voltado para o céu.

Há poucos meses, num funeral no cemitério judaico, quase não o reconheci. Praticamente sem voz, já não celebrava os ritos na sinagoga. Trabalhava oficiando enterros. Cantava com dificuldade, mas o timbre continuava idêntico ao que eu ouvia na infância.

Com o sotaque argentino ainda acentuado, consolava a família dos mortos. Cantava compenetrado o

Kadish, a reza dos enlutados, onde a morte não é mencionada mas repetidamente se eleva o nome de Deus, "que Este cresça e seja exaltado por todos, e para todo o sempre".

O bico em sua boca permanecia semelhante, apenas um pouco mais discreto. Ao enaltecer o nome divino, entoava o canto com o que lhe restava da voz. Enquanto o caixão descia na cova à sua frente, ele pisava na terra vermelha remexida pelos coveiros, com os olhos voltados para o chão.

Lições de anatomia

Passei boa parte do jantar tentando me lembrar de onde conhecia aquele rosto. Sempre que atravessava a galeria, eu olhava o cardápio colado na vitrine do restaurante, mas nunca entrava. Fazia tempo que queria experimentar aquela comida diferente, e agora, sozinho mas distraído, mal distinguia seu sabor, apesar da minha determinação de finalmente comer de tudo, barbatana de tubarão, umbigo de porco, quanto mais exótico e selvagem melhor.

Numa outra ocasião até tentei. Convidei uma conhecida para jantar, depois de tanto tempo sem botar os pés fora de casa. Ao sentarmos, embalado, fui logo pedindo os pratos mais bizarros, porém, ao notar as expressões de nojo da minha acompanhante, voltei atrás. Chamei o garçom, mas ele se fingiu de morto, ou quem sabe estava compenetrado, pensando na família, na mulher infiel, no filho que gazeteava na escola. Fui atrás do sujeito até a cozinha e cancelei o pedido, mudei para frango xadrez, carne desfiada com broto de bambu e duas porções de arroz branco, de preferência servidos numa travessa avantajada, onde eu pudesse enfiar a cara. Estava tudo errado, a companhia, o lugar, os pratos. Que ideia, sair com a filha da melhor amiga da minha mãe. Uma moça tão tímida quanto eu, e magra, magérrima. Talvez até fosse anoréxica e estivesse ali só para agradar à mãe. E o restaurante típico chinês, numa cidade quase sem chineses, escondido numa galeria do centro de São Paulo. Parecia sonho ou alucinação. Os patos pendurados na vitrine, como numa Chinatown da Costa Oeste americana. Patos mirrados como aqueles eu nunca tinha visto, nem laqueados deviam ser, a pele era mole, pintada com colorau, com algumas manchas avermelhadas, o resto sem cor. O local era sujo, os lustres coloridos de papelão projetavam uma luz que deveria ser forte mas era desbotada, e as toalhas de papel engorduradas denunciavam o paladar do cliente anterior.

Agora, sozinho, eu ouvia a conversa da mesa ao lado. Um dos homens falava em inglês, sem parar, com um sotaque carregado do Texas que estranhamente o tornava mais familiar. Usava terno claro, echarpe com um nó lateral, botas de bico estreito e salto elevado. No bico que mexia incessantemente, como se apagasse um cigarro atrás do outro, havia pequenas lantejoulas brilhantes representando um laço de vaqueiro solto no ar.

A conversa era sobre mulheres, com longas descrições de proezas sexuais do tal estrangeiro. O interlocutor, brasileiro, trajava moletom e camiseta bem justos, tinha jeito de personal trainer, saído direto da academia para o restaurante. Ele se esforçava para entender o que o americano dizia num tom professoral, apesar da pequena diferença de idade entre os dois. Mal piscava. No fundo, talvez esperasse o mesmo de seus alunos quando demonstrava a posição correta nos aparelhos de musculação.

Não senti o gosto das barbatanas de tubarão, na verdade nem sei se as identifiquei no meio do molho gosmento e da profusão de cebolinha e broto de bambu. O umbigo de porco, de textura pronunciada, quase não tinha sabor, como os torresmos mal tostados que ficam expostos por dias nos bares. Não me importei. Desde que meus vizinhos de mesa haviam chegado, eu queria era me lembrar de onde conhecia aquele rosto. Enquanto ouvia o que podia da conversa — as receitas para tratar e agradar na cama uma mulher mais velha, a diferença de apetite sexual entre loiras e morenas —, eu me esforçava tentando juntar o sujeito a um nome ou referência qualquer.

Dando a batalha por perdida, decidido a voltar minha atenção para o que comia, finalmente lembrei. O americano era idêntico ao vaqueiro texano de *Midnight cowboy*, no modo de falar, nos trajes, até na forma de reclamar dos novos tempos. O chapéu, pousado no canto da mesa, próximo ao prato de macarrão com carnes e verduras mistas, era igual ao que Jon Voight usava no filme. A conversa adequava-se ao personagem, como se a película estivesse sendo refilmada naquele estranho restaurante chinês do centro de São Paulo. Por outro lado, quem contracenava com o caubói-michê não se parecia em nada com o personagem representado por Dustin Hoffman, tratava-se de um legítimo personal trainer paulista. A semelhança entre o caubói do filme e aquele da vida real era tão notável, que fiz as contas para ver se seria possível que o próprio Jon Voight estivesse ali sentado a meu lado. Impossível. Só podia então ser seu filho, que, por obra do destino ou do acaso, comia no tal restaurante.

Pelo que dizia, imaginei que seu objetivo era exportar seu know-how e buscar novos mercados. Queixava-se daquele campo de trabalho, excessivamente competitivo, do advento do sexo virtual, e da proliferação das sex shops e academias. A parte mais interessante da conversa foi quando ele discorreu sobre a influência das curvas anatômicas na psicologia feminina. Reparei que, assim como eu, o personal trainer não entendeu muito bem a teoria do texano. No final da falação, eu não sabia mais se eram as curvas que influenciavam o temperamento das mulheres ou se, ao contrário, a personalidade é que condicionava a anatomia.

O que o tornava ainda mais parecido com o pai era a melancolia, pouco condizente com o sotaque ou com seu tom de voz elevado. Apesar das receitas que transmitia ao pupilo, suas histórias eram todas enunciadas no passado, como se tivessem sido vividas pelo pai. Nada podia soar mais deslocado no tempo e no espaço do que aquele jovem vaqueiro em São Paulo, o filho do *midnight cowboy*.

Desisti logo dos meus pratos. Nunca fui ligado em comida ou em exotismos. Também abri mão de entender o que havia me atraído àquele local. Saí do restaurante logo após a dupla de galãs. Fui na mesma direção que eles, sem a pretensão de segui-los. Ainda ouvi à distância algumas das lições eróticas do texano pelas ruas vazias do centro da cidade. Passadas poucas esquinas, a calçada refletia luzes de neon coloridas, antecipando os inferninhos da rua transversal. Ali perdi de vista os dois profissionais do amor. Mas acredito que tenham cruzado com um travesti e depois com uma menina, muito jovem, que, como num sonho ou numa alucinação, me ofereceu, em inglês, um boquete, *hey man, do you want a blow job?* Sem resposta, ela insistiu, *hey gringo, a blow job, blow job?* Provavelmente a garota falou comigo como falara com o filho do *midnight cowboy*, se insinuando, sem disfarçar a boca banguela. Imagino que, contrariado, ele a ignorou. Ou não. Quem sabe por gentileza agradeceu, levantou e abaixou com a ponta dos dedos o chapéu de abas largas, e, pisando bem firme sobre os calcanhares elevados, pensou, quanta humilhação.

O cobertor xadrez

Não sei bem explicar como deixei Antônia entrar em minha vida. Talvez não tenha deixado, ela simplesmente entrou. Passou a me procurar, convidar para suas palestras ou para irmos a lugares onde só nós dois conhecíamos o som das palavras. Nos bares em que todos se comunicavam pela linguagem de sinais, eu ficava quieto, absorto diante do movimento das mãos, da ênfase que se delineava no ar, dos dedos como prolongamento da boca, das expressões faciais fazendo as vezes de acento tônico ou de ponto de interrogação. Frequentávamos um boteco no largo do Arouche onde os surdos-mudos se reuniam e, ocupando a calçada e um trecho da rua, conversavam sem parar. Eu observava aquela movimentação incompreensível, sem sentir o tempo passar. Certa noite Antônia me pediu que a acompanhasse até sua casa. No caminho, continuava mexendo as mãos, como se falasse sozinha ou pensasse através de sinais. Já no prédio, ela abriu a porta e apontou para o elevador, insinuando que era chegada a hora de uma iniciativa da minha parte. Fez com que eu fosse com ela até a entrada do apartamento, onde me beijou rapidamente nos lábios e se despediu. Imóvel, vi a porta se fechar na minha frente, enquanto imaginava Antônia lá dentro, preenchendo o espaço com seus gestos. Quando alguns dias depois ela me ligou, pensei em dizer-lhe que estava atarefado, cortar o mal pela raiz. Até hoje não sei por que aceitei seus seguidos convites para debates sobre surdez, congressos e conferências a respeito de surdos famosos ou para surdos anônimos, nem por que acabei me casando com ela, quase sem notar.

Além de Beethoven, outra de suas obsessões era Goya — o artista que passou grande parte da vida totalmente surdo, pintando quadros cada vez mais sombrios. Para mim, era mais fácil entender o interesse dos surdos por Goya do que sua curiosidade por Beethoven, o qual Antônia não conseguia deixar de lado nem quando falava do pintor espanhol.

Goya ficou surdo aos quarenta e seis anos. A razão permanece desconhecida, sabe-se apenas que antes disso um derrame cerebral afetou quase todos os seus órgãos. Ao contrário de Beethoven, Goya teve vida longa, os últimos trinta e cinco anos em completa surdez. Um dos primeiros quadros que pintou, em Cádiz, depois do derrame que lhe tirou a audição, mostra um picador da praça de touros atingido nos órgãos genitais pelo chifre do animal. Numa clara alusão à sensação de impotência advinda da surdez, esse quadro inaugura as pinturas soturnas de Goya, que marcariam sua obra. Logo em seguida vieram outras pinturas alegóricas: a cena de um naufrágio, o movimento dos loucos no pátio de um manicômio, e o interior de um cárcere, com destaque para os grilhões dos prisioneiros.

Antônia gostava de comparar esse quadro com a ópera *Fidélio* de Beethoven, na qual uma mulher (Leonore) travestida de homem (Fidélio) salva o marido (Florestan), que estava acorrentado num calabouço. Os dois artistas, na mesma época, usavam a prisão como metáfora da surdez. Mas, se *Fidélio* é uma metáfora com final feliz, onde o amor redime o silêncio, Goya, que, paradoxalmente, conviveu mais tempo com a doença sem se isolar da vida social, representou a surdez sempre com cores escuras, em gravuras e telas que mostram homens e mulheres muitas vezes com a boca aberta sem parecer emitir som algum. No quadro *A procissão de San Isidro* um grupo de maltrapilhos grita alucinadamente, em vão. É desse mesmo período um mural onde um cachorro solitário, ocupando a parte inferior da pintura, olha para o alto com apreensão e melancolia. Os cachorros, hoje associados à representação da fidelidade e do afeto, nos tempos de Goya eram vistos também como guardiões do inferno ou símbolos da escuridão. Antônia dizia que esse mural era um autorretrato disfarçado do pintor. As obras menos soturnas de Goya, principalmente aquelas que apresentam a família real espanhola, pouco interessavam a ela, e quase não eram mencionadas em suas palestras.

Ela não parecia se importar se eu gostava ou não de acompanhá-la, avisava onde seria a próxima atividade, me esperava pontualmente na entrada e me encontrava no final de sua apresentação. Nunca seus olhos cruzaram com os meus durante uma palestra ou debate, era como se eu nem estivesse presente e apenas cumprisse um ritual, na chegada e na saída, quando íamos para um bar comer um sanduíche, ou para a sua casa, onde por muito tempo ganhei um beijo antes de ver a porta se fechar.

O passo seguinte mal lembro quando ocorreu. Sei que foi de repente e sem explicação, como tudo em nossa vida. Também sei que a iniciativa não foi minha. Simplesmente um dia, depois do beijo, a porta continuou aberta. Demorei uns minutos para perceber a mudança, enquanto Antônia, a minha espera diante do sofá, apontava para o local onde eu deveria sentar-me. Depois ela trouxe um cobertor xadrez, sob o qual nos abrigou para que sua mão encontrasse a minha sem a cumplicidade do olhar. Assim me acariciou inescrupulosamente, beijou-me sem a pressa de costume, e me fez penetrá-la tornando desnecessária qualquer palavra entre nós. Nunca soube se cheguei a satisfazê-la plenamente alguma vez. Desconfio que não.

Pai

Até que ele havia dormido bem, coisa que raramente ocorria em voos de longa distância. Em geral se dava por satisfeito quando conseguia cochilar por duas ou três horas, revirando-se de um lado para outro, ouvindo os passos da aeromoça, o ronco do vizinho de assento. Pedia que não o acordassem para o café, mais porque não gostava do croissant requentado dos aviões, nem de mamão mole e café fraco. Sempre precisava ir ao banheiro quando a aterrissagem se aproximava, e invariavelmente quando já não era permitido. Driblava os olhares dos comissários e, tão logo o comandante solicitava que todos afivelassem os cintos, saía correndo para tentar aliviar-se definitivamente.

Naquela noite, no entanto, havia dormido bem, por umas boas cinco horas. Lembrava de ter se mexido muito na poltrona e de ter sonhado com o casamento da filha — ela entrando de branco a seu lado na sinagoga, sua mulher no altar com o resto da família, o sorriso emocionado do seu pai, o avô coruja. O sonho era a prova de que pela primeira vez dormira durante um voo. A imagem do pai, numa cena que já acontecera, de maneira diferente, era ao mesmo tempo incômoda e reparadora. Sentia-se em débito com o pai toda vez que pensava no que ele não pudera presenciar, o casamento da neta, o nascimento das bisnetas, o contrato que o filho estava prestes a celebrar com uma grande empresa internacional. Quase a cada manhã, ao abrir a janela do quarto, recordava-se que o pai nunca conhecera sua casa nova, em frente ao parque onde passeavam aos domingos, durante tantos anos, sempre em silêncio.

O pai morrera havia quatro anos, de uma infecção nos dentes. Por um misto de vaidade e sovinice, recusara-se a trocar uma prótese fixa, desgastada, por uma móvel. Não adiantaram os alertas do dentista, preocupado com a possibilidade de uma infecção que costuma se instalar insidiosamente em casos como o dele. O pai não se conformava com a ideia de que até uma prótese podia sofrer com os anos, como se fosse parte do corpo humano. Fingia ignorar que a prótese fixa era também uma prótese. Colocar uma dentadura móvel era a única opção, mas significaria que perdera de fato a briga com o tempo — todo mundo viria a saber que usava dentes de porcelana. Assim, continuou escovando seus dentes artificiais, perfeitos por fora, apodrecidos por dentro. Não houve jeito, as bactérias se multiplicaram e fizeram seu caminho até uma das válvulas do coração. Como mantivera segredo sobre o alerta do dentista, ninguém sequer desconfiava do motivo de sua fraqueza nos últimos meses. Mal conseguia andar, depois de poucos metros ofegava e tinha que descansar. Os testes cardíacos superficiais nada apresentaram, e, ao ser internado, as bactérias já haviam se espalhado. Quando ele deu entrada no hospital, um jovem médico perguntou se tinha feito algum tratamento dentário nos últimos tempos. Com um sorriso matreiro o pai reclamou, dizendo que tinha hora no dentista na semana seguinte. Quis saber se o plantonista conhecia um profissional bom e barato, capaz de evitar que ele passasse a usar dentes que teria que tirar antes de dormir. O enigma do cansaço e da febre repentina foi resolvido com aquela resposta quase inocente. Tarde demais. Ficou hospitalizado durante um mês, tentando combater a infecção com vários antibióticos. Quando todos achavam que a recuperação era certa, precisou ser operado às pressas. Não acordou da anestesia, perdeu litros e litros de sangue, e em quatro dias uma septicemia pôs fim a sua vida.

Ainda surpreso com o sonho, ele foi ao banheiro, para evitar as filas, que sempre aguçavam sua ansiedade. Duas ou três pessoas esperando era o suficiente para lhe dar a impressão de que necessitava se aliviar com urgência. Reservava o assento do avião com enorme antecedência para ficar a meio caminho do banheiro. Nem muito perto, assim não via a fila se formar, nem muito longe, para não demorar a chegar se o aperto fosse grande. Era cedo, os outros passageiros cochilavam e os insones assistiam a filmes de ação, que sem som pareciam aventuras anacrônicas. No toalete, estranhou que seu cabelo estivesse despenteado, com as pontas para cima, como o de um jovem rebelde, o que já não era havia muito tempo — se é que algum dia desafiara os pais de alguma forma, nem se lembrava mais. Nunca usava pente, não carregava escova na mala de mão, seu cabelo fácil acomodava-se com um toque dos dedos umedecidos, gesto matinal, automático. Comprovando a primeira noite de sono durante um voo, seus cabelos deixavam claro que daquela vez a tarefa não seria tão simples. Um pente ou uma escova ele teria que usar.

Abriu o nécessaire fornecido pela aeromoça e, aliviado, encontrou um pente branco. Examinou aquele objeto, revirando-o para ver se havia lado certo onde segurar. Ao jogar levemente a cabeça para trás, já com o braço direito cruzando a testa, olhou-se no espelho e tomou um susto. Viu o rosto do pai refletido no lugar do seu. Era o pai que sempre penteava os cabelos ondulados na frente do espelho — um ritual a que assistiu durante anos, do lado de fora do banheiro, antes da família se juntar na mesa do café. O reflexo da imagem do pai perdurou por alguns segundos. Foi assim que teve a sensação de que a cada dia se parecia mais com ele. Seus gestos já não eram os mesmos, assemelhavam-se progressivamente aos do pai, um homem extremamente quieto, mais afeito a olhares do que a palavras, e de expressões discretas, complementando o silêncio.

Não era a primeira vez que isso acontecia. Poucas semanas antes da viagem para celebrar o contrato com seus novos sócios estrangeiros, fora à sinagoga, por ocasião das festas judaicas de Rosh Hashana e Yom Kippur. Como de costume, sentara-se no lugar vitalício do pai, André, onde hoje constava seu nome, afixado com etiqueta colante. Ficava na segunda fileira, bem próximo do rabino, posição que tanto o constrangia na adolescência, quando ia a contragosto à sinagoga e passava o tempo contando as páginas dos livros de reza — para ver quando aquilo tudo iria acabar.

André observava as festas religiosas com devoção. Principalmente o Yom Kippur. Como não sabia a data exata em que seu pai, Lajos,* um tapeceiro húngaro, morrera no campo de concentração para onde foram levados só os dois homens da família, ele considerava o Dia do Perdão como sendo essa data. Nunca se conformou em ter sobrevivido, escapado do trem que os conduzia a Bergen-Belsen, do qual foi jogado enquanto ouvia Lajos sussurrar, foge, filho, foge. No Dia do Perdão, André ficava ainda mais quieto, conseguia conter as lágrimas, mas seus olhos pesavam como se chorasse. Durante as rezas, concentrado, olhava para a frente ou para baixo e cantava alto. Eram as únicas ocasiões em que

---

* Pronuncia-se *Laióch*.

soltava a voz. O filho, que ganhara o nome do avô falecido na guerra, não conseguia ocultar a vergonha de estar na segunda fila. Tinha medo da tristeza do pai. Queria poder fazer como os outros garotos, sentar-se no andar de cima, onde a conversa era tolerada — longe do altar, Deus não se importava com a balbúrdia dos jovens. Ou então pensava em escapulir para o pátio, onde não havia separação de lugares entre homens e mulheres, e ele poderia se exibir para as meninas.

Sentado ali, cara a cara com o rabino, que disfarçava o tédio e a fome olhando compenetrado para a plateia, o pequeno Lajos se misturava apenas a senhores mais velhos e religiosos, ou eventualmente a algumas crianças de colo. Virava a cabeça e olhava para os meninos da sua idade, lá no alto, rindo e sussurrando sem a companhia dos pais. Voltava-se depressa, com medo de que fosse ele o motivo das risadas. André se dava conta da desatenção de Lajos e apontava para o altar, balançando a cabeça, o nariz alongado fazendo as vezes do dedo indicador. Era mais difícil do que levar um puxão ou uma reprimenda. Com o fundo dos olhos, inibia o filho de estar em outro lugar na sinagoga e com ele compartilhava sua culpa. Nada poderia ser pior.

Após o Bar Mitzvah, Lajos ganhou as vestes de sinagoga que o avô usava para celebrar os cultos em sua casa durante a guerra. André, desde criança, ajudava o pai, que desafiava as leis com seus serviços religiosos. Ao sair da Hungria, depois de tentar, sem sucesso, descobrir o paradeiro do pai, levou consigo apenas o velho *talid* do tapeceiro, que se transformava em rabino toda sexta-feira, ao cair da tarde, ou nas datas festivas. Guardou o *Talid* até que o filho homem, que sonhara um dia ter, completasse treze anos. Era mais um peso sobre as costas do jovem Lajos, o *Talid* de lã, amarelado pelo tempo, mais apropriado para a temperatura europeia, que tinha que vestir durante todo o dia do Yom Kippur. Nisso também ele era diferente dos outros, suava em bicas debaixo das roupas desbotadas do avô, enquanto via os colegas trajando mantos leves e novos, com detalhes de prata brilhando sobre o azul e branco da bandeira de Israel.

Lajos quase não ouvira falar do avô. André praticamente não comentava o que acontecera durante a guerra; falava do pai apenas no Yom Kippur, se referindo aos cultos clandestinos, contando que o tapeceiro era um homem rude e severo, desgostoso com o mau desempenho do filho na escola. O desaparecimento do pai, sozinho no campo de concentração, encerrava lembranças carregadas de culpa, que começavam pela indisciplina juvenil e culminavam com a fuga do trem, que separou André de Lajos para sempre.

No Dia do Perdão, André pedia para voltar no tempo, queria lembrar-se de si mesmo como aluno exemplar, esqueccr as surras que levava do pai após repetidas escapadas da escola. Queria lembrar-se de uma história diferente, pensar que fora ele que jogara o pai do trem, que correram juntos dos guardas, se esconderam num monte de feno numa fazenda próxima e, ao voltarem a pé para Budapeste, se reuniram às irmãs e à mãe para agradecer, cantando canções de louvor ao deus, rei de Israel, senhor de todos os homens.

O último Yom Kippur de André foi celebrado em outra sinagoga. Todos contavam que até as festas judaicas ele já estaria curado, o que não aconteceu. Estava internado no hospital da coletividade judaica onde, numa sinagoga improvisada, eram realizados os cultos para os pacientes e médicos que não podiam deixar o local. André pediu que trouxessem de casa terno e gravata, além das vestes religiosas para a ocasião. Lajos e toda a família o acompanharam, mas ele não aguentou muito tempo, apesar de ter sido levado numa cadeira de rodas até o lugar das rezas. Parecia sentir falta do seu assento tradicional na sinagoga que adotou ao chegar no Brasil. Ou pressentia que a morte se aproximava, e com ela a culpa se diluía, mudando o significado das rezas do Yom Kippur. Talvez não estivesse acostumado a rezar para si mesmo, e naquele momento a tentação era grande. Ainda que o filho soubesse disfarçar, André via no rosto dos familiares que seu estado de saúde era o motivo das preces, uma dupla traição ao pai abandonado no trem.

Alguns dias depois do Yom Kippur, André morreu. Um item da sua herança não precisou passar por inventário. Na sinagoga que frequentava, o lugar vitalício de um membro ficava para seu filho, a não ser que este expressamente manifestasse desejo de não mantê-lo. Lajos, que já possuía uma cadeira, optou por continuar com o lugar do pai, deixando-o vago ou oferecendo-o a seu filho, que pouco se interessava pelos ritos religiosos. Nos primeiros anos o lugar permaneceu vazio a maior parte do tempo. Nessas ocasiões Lajos sentou-se em sua cadeira, e até apreciou que ninguém usasse a do pai. Preenchia com a imaginação o lugar vago: assistia às cerimônias voltado para o lado, onde via seu pai cantando em tom elevado as rezas favoritas, curvando-se na Grande Oração, batendo no peito em penitência nas rezas em que isso é permitido. Apenas durante a bênção final toda a família ia à sinagoga. Mesmo os menos observantes apareciam para receber, agora sob os braços abertos de Lajos — e não mais de André —, os bons votos para o novo ano, e a confirmação de que todos foram perdoados pelos pecados cometidos no ano que passara. No entanto, justamente no Yom Kippur que antecedeu à viagem de Lajos aos Estados Unidos, seu filho Pedro resolveu comparecer a boa parte dos cultos. Pedro pôde notar que Lajos, sentado na cadeira do pai, cantava alto, olhava para o púlpito e mantinha os olhos brilhando, porém baixos e semicerrados como os do avô. Sem nada comentar, os dois perceberam o quanto Lajos se assemelhava a André. Lajos se surpreendeu cantando, bem alto, as canções que tanto o envergonharam quando jovem. Mas o que ouvia não era sua voz, e sim a de André. Sua postura na cadeira, olhando para o filho, que não manifestava nenhum desconforto na situação, era idêntica à do seu pai, recém-falecido. André e Lajos tinham estatura igual, embora com o tempo André houvesse diminuído de altura, curvando-se, sempre cansado.

Lajos olhava para Pedro e chegava a se confundir com o jogo de espelhos criado entre as três gerações. Pedro lembrava Lajos que lembrava André. Desse modo, Lajos via no filho uma versão mais terna de si próprio na juventude. Por outro lado, ocupando a cadeira do pai, nem sequer conseguia estar certo de sua identidade. Assim como André rezava pedindo para voltar no tempo e ficar no trem no lugar do velho tapeceiro, Lajos reproduzia os gestos do pai, para que este retornasse e assumisse o seu lugar na sinagoga.

Ao retornar da viagem, Lajos resolveu não ir imediatamente para o trabalho. Trazia consigo o pente que usou no avião. Foi a primeira coisa que guardou ao chegar em casa. Tomou café com a família, se preparou como se fosse seguir a rotina normal da volta ao lar: um tempo mais prolongado com a mulher, pondo a conversa em dia, um banho e a vida de sempre no escritório. No entanto, ao subir no carro, pediu ao motorista que o deixasse na esquina da sua rua, onde o parque começava. Entrou pelo mesmo portão pelo qual costumava entrar com o pai, e repetiu o caminho dominical que faziam juntos. O parque estava vazio, mas Lajos o preencheu com a imaginação. Via os caminhos cheios de gente passeando, como se fosse domingo, via bicicletas, patinetes e cachorros. Um domingo de quarenta anos atrás, quando o sorveteiro da Kibon — no carrinho com a antiga marca amarela e azul — vendia também chocolates em barra, Ki-Bamba, Lingote e Confeti. Sentou-se num banco que conhecia bem, pensando que apoiava as costas no mesmo revestimento de madeira que havia anos fora trocado por concreto. Imaginou que o pai estava a seu lado, e que nesse dia tinha resolvido falar sobre detalhes da sua história pessoal sobre os quais nunca desejou falar.

Imaginou o pai lhe contando da ida para a Itália tão logo Budapeste havia sido liberada, da chegada em Roma e da vivência num campo de refugiados instalado em plena Cinecittà, onde morou num cubículo, com paredes improvisadas, e cercado por peças de cenários de filmes antigos — comédias, filmes históricos e documentários de propaganda fascista. Era como se dormisse nas ruas de Roma, só que sob monumentos de papelão.

Sentado no banco, fantasiou algumas conversas que poderiam ter preenchido os passeios silenciosos da infância. Viu o pai finalmente descrevendo o trabalho como figurante em *Roma, cidade aberta*, que André mencionara brevemente à esposa quando se conheceram, e nunca mais. O filme havia se tornado uma obsessão para Lajos, que assistira à película quase uma centena de vezes, sem encontrar nenhum vestígio do pai.

A conversa no parque não durou muito. Até na imaginação de Lajos, André falava pouco, contradizendo-se algumas vezes, negando o que dissera anteriormente, com o claro intuito de confundir. Lajos saiu do parque e se dirigiu ao trabalho. Entendeu que o passado do pai continuaria nebuloso, decidiu que assim seria, que isso deixaria de o incomodar. Decidiu também pentear o cabelo todas as manhãs, mesmo sem necessidade.

Volta ao lar

Meu quarto na casa dos meus pais pouco mudou. Parecia imune ao tempo. Desconfio que mandaram pintá-lo uma ou duas vezes. Certos de que meu casamento não duraria muito, suponho que tenham pintado as paredes, por tantos anos intactas, apenas para que o tom entre o amarelo e o acinzentado desse lugar à tinta fresca. Imagino minha mãe entrando constantemente no quarto, mesmo no período em que eu morava com Antônia. Ela abria a veneziana, deixava o ar novo bafejar nas paredes e a luminosidade refletir no sinteco brilhante. Agia como se eu tivesse dormido naquela cama na noite anterior: alisava a colcha e passava a palma da mão no travesseiro para eliminar as marcas da minha cabeça, que só ela via. Era como se o quarto nunca tivesse ficado vazio.

Uma vez por semana, ou quem sabe até duas, creio

que seria possível vê-la estendendo as roupas no varal e limpando as gavetas. Algumas guardavam camisas e calças que compuseram meu uniforme do ginásio. Na parte inferior do armário havia sempre sapatos cheirando a graxa. As peças que já não me serviam foram doadas somente depois da minha volta definitiva, quando me separei de Antônia. Por um certo tempo elas ficaram empilhadas debaixo das mais novas, que, aliás, também não foram compradas na minha presença.

Quando me tornei juiz, meus pais me presentearam com uma toga, semelhante à que se vê nos filmes de tribunal mas que era pouco usada na minha profissão. Tenho certeza de que minha mãe vira e mexe a colocava no sol, escovava e tirava o mofo. Foi a primeira coisa que vi ao abrir o armário, na minha volta, sem Antônia. A toga que nunca vesti, no cabide, como se tivesse sido passada para que eu a usasse no dia seguinte.

Enquanto morei com meus pais, era comum eu chegar da escola ou do trabalho e encontrar uma calça e uma camisa estendidas na cama, esperando que as provasse. Se servissem, eu deveria vesti-las para o jantar. Antes de sentar à mesa, notava o sorriso da minha mãe, que com o olhar indicava a roupa nova para meu pai. Só depois que ele aprovava, abaixando a cabeça, é que dávamos início à refeição. Quando ia dormir, eu apenas devolvia a roupa, bem dobrada, à cadeira. De manhã minha mãe se incumbia de pendurá-la no cabide adequado.

Com Antônia também encontrei roupas sobre a

cama, sempre acompanhadas de seus olhares de recriminação por conta do meu desleixo e desapego com o vestuário. Antônia permanecia de lado, vendo-me experimentá-las, só para checar se acertara a numeração. Em seguida jogava no lixo a roupa antiga, da qual queria se livrar o mais rápido possível.

Quando voltei para casa definitivamente, minha mãe desfez minha mala e estranhou as peças que não conhecia. Ao dar pela falta de várias camisas, apenas balançou a cabeça em silêncio.

Meu pai tinha uma forma especial de passar a manteiga no pão. Quando ele chegava à mesa do café, minha mãe e eu já ocupávamos nossos assentos e aguardávamos inertes por sua presença. Enquanto olhava à esquerda e à direita da cabeceira, ele puxava a cadeira e nos cumprimentava. Até aquele bom-dia, o tempo ficava suspenso. A fumaça saía vagarosamente do bule, mas parecia que parava no ar. Os pães, recém-aquecidos no forno, eram conservados num cesto apertado para manter o calor. Meu pai abria as abas da fronha que os encobria, e sinalizava para que o seguíssemos. Cortava o pão em duas bandas, pousava uma delas no canto do prato e passava manteiga na outra, sempre nas duas direções, indo e voltando com a faca para que a manteiga ficasse bem distribuída. Depois dobrava o pão na forma de uma canoa e molhava no café com leite, que nesse meio-tempo minha mãe tinha servido em sua xícara.

Nós o imitávamos em silêncio. O primeiro gosto do dia era o do pão com manteiga que perdia o viço ao ser molhado no café com leite bastante açucarado de antemão. Só depois é que vim a saber que meu pai gostava do café dos botequins, a canoa mergulhada na média carregada de açúcar que ele tomava perto do escritório, antes de começar a trabalhar ou em breves escapadas no meio da tarde. A segunda banda do pão, nós comíamos também com manteiga e geleia, mas sem café. O pão fresco cheio de rugas antecipava as migalhas que se espalhariam pelos pratos. Minha mãe escolhia a cada dia o sabor da geleia e colocava o frasco no meio da mesa. Era das poucas surpresas possíveis da casa, o sabor da geleia que variava de acordo com a vontade da minha mãe. Ela nunca soube se tínhamos preferência por algum sabor. O que estivesse no centro da mesa era degustado sem comentários, enquanto minha mãe esboçava sempre o mesmo sorriso de missão cumprida. Ela observava os dois homens comendo a segunda banda do pão, tentava medir discretas expressões de aprovação e pensava, erguendo as sobrancelhas, nos sabores de geleia que serviria no futuro.

Quando voltei para casa, carreira de juiz abandonada e casamento desfeito, o café da manhã continuava praticamente igual. Reacostumei-me ao ritual como se nunca tivesse partido. No interior, eu tomava café no bar onde a canoa com média era servida automaticamente a todos os clientes. Com Antônia eu preparava o café que ela nem sempre tomava. O som do toca-discos fazia as vezes do cumprimento costumeiro do meu pai. Antônia colocava algum disco de Beethoven, era seu primeiro ato matinal, acho que apenas escovava os dentes e ia careteando em direção à vitrola. Cada vez mais ela acompanhava a música com gestos manuais ou contorções no rosto. Não importava se o que tocava era uma peça cantada ou somente instrumental, as mãos de Antônia acompanhavam a música, desde cedo, na mesa do café. Mesmo sem música, aos poucos ela passou a se comunicar quase só por sinais. Nossos escassos encontros amorosos, que sempre aconteceram em silêncio, se tornaram mais silenciosos ainda, com Antônia gesticulando muito mas sem encostar as mãos em meu corpo.

Ao decidir viver novamente com meus pais, o que eu mais desejava era começar o dia quieto, sem a balbúrdia gestual de Antônia. E foi o que encontrei. Ao ser acordado pela minha mãe, lembrei que nos cumprimentávamos sempre depois que meu pai sentava. A cena pouco mudou. A diferença era que meu pai se movia com maior lentidão, suas costas precisavam de mais tempo para se reclinar e se acostumar com o assento. O bom-dia saía mais prolongado, porém menos eloquente.

Se o que eu desejava era silêncio, meu retorno foi triunfal. Além disso, as expressões faciais também se tornaram mais econômicas. Minha mãe já não dirigia seu olhar curioso para os homens sentados à mesa. Meu pai passou a comer apenas a banda de pão que era molhada no café com leite. Sem geleia nas manhãs, minha mãe não precisava disfarçar sua curiosidade, nem guardava mais nenhuma surpresa para o dia seguinte.

Murano

Para Maria Elena Salles

Os gestos humanos no ambiente destas elegantes criaturas do fogo eram surpreendentemente delicados e leves, como os movimentos de uma dança silenciosa.

Gabriele d'Annunzio

O vaso ficava sobre uma mesa de vidro. Vidro sobre vidro. Nas duas paredes que ladeavam a mesa, havia espelhos do mesmo tamanho, na mesma altura, onde o vaso se refletia em progressão geométrica. Poderia se tratar do começo de um conto argentino, mas não, é bem mais simples, apenas a descrição da sala de estar da minha tia Nella, uma italiana que arrumava tudo a sua volta com cuidado cenográfico. Poderia se tratar da cena inicial de um filme espanhol, mas não, era só uma profusão de cores, muito lilás, petróleo, magenta, sem afinidade aparente, porém de elegância tão inesperada quanto particular. Só mais tarde me dei conta de que certo componente da sua roupa sempre combinava sutilmente com algum detalhe, a meia de seda lilás fazia par com os cabelos brancos tingidos nessa tonalidade; a barra da saia de veludo cotelê verde lembrava a pedra esmeralda do anel; quando usava batom mais forte, era para remeter aos brincos de rubi.

O vaso era vermelho, com saliências arredondadas em toda a volta. As cores oscilavam de forma irregular, pequenos círculos alaranjados, ou em outros tons de vermelho, faziam-no parecer denso para meus olhos de menino. Eu me perguntava como cada bolinha havia sido colocada lá dentro, passava o indicador ao redor do vaso, subindo e descendo como se estivesse escalando minúsculos cumes e voltando ao chão. Minha tia não deixava que eu tirasse o vaso do lugar — podia correr meus dedos por ele, girar em torno da mesa para vê-lo de vários ângulos —, e eu a respeitava, além de ter medo do peso daquele vidro que nunca ergui.

Quase não se via o assoalho da casa, os tapetes cobriam praticamente todo o chão; tia Nella gostava de falar da procedência de cada um, eu já sabia de cor quais eram os caucasianos, os persas, os do Afeganistão ou da Índia. Talvez eu nem soubesse onde ficavam esses lugares, mas conhecia os tapetes, a textura e a estampa típica de cada região. Os meus preferidos eram os mais rudes, com bordados feitos à mão por crianças, quase sempre com imagens infantis. Os pequenos tapeceiros gostavam de retratar a si mesmos nos traçados, faziam fileiras de imagens iguais, meninos e meninas de mãos dadas; como os espelhos da minha tia, que reproduziam o vaso de Murano tantas vezes quantas pudéssemos ver.

No centro da sala de estar havia um tapete maior que os demais, azul-claro, com uma árvore imensa desenhada em toda a superfície. Do tronco saíam dezenas de outras figuras, animais ferozes, pássaros, rios, ou mesmo pequenas casas e nuvens, abrigadas sob os galhos.

Eu deitava sobre a árvore ou saltava como um sagui, de galho em galho; divertia-me muito mais do que quando jogava amarelinha com colegas da rua ou da escola. O caminho para o céu feito de quadrados simétricos, riscados com giz na calçada, não tinha nenhuma graça em comparação com a enorme árvore cheia de detalhes, para a qual eu olhava equilibrado numa perna só.

Ficava feliz quando, nas tardes de sábado, minha mãe visitava minha tia, para copiar receitas ou preparar tortas de massa folhada na longa mesa de madeira da sala de jantar. Enquanto isso, eu me entretinha contornando o vaso com os dedos, ou pulando sobre a árvore tecida em azul. Em seguida, passava algumas horas com a tia Nella, quando minha mãe protocolarmente pedia licença para uma escapada ao cabeleireiro do bairro, sempre como se fosse a primeira e única vez.

Nessas ocasiões minha tia me mostrava fotos do seu falecido marido, Giuseppe, segundo ela o maior contador de histórias que já existiu; um homem bonito, de cabelos cacheados, sempre jovem nos retratos, como se nunca fosse morrer. Que pena que você não o conheceu, ela dizia, introduzindo um ritual que não mudava uma sílaba — todo sábado seria igual, a chegada com minha mãe, o vaso, o tapete, as tortas sobre a mesa, a ida ao cabeleireiro e as histórias do meu tio.

Sentada a meu lado no sofá coberto com uma manta grossa, para proteger o tecido que nunca ficava à mostra, tia Nella, com sua voz rouca e desafinada, contava sempre as mesmas histórias — pedia desculpas, *bambino*, seu tio é que era bom nisso, eu não tenho memória, ela dizia, será que justo hoje vou me esquecer? E se lembrava de tudo da mesma forma, de como ele falava que o Brasil não teria sido descoberto por Cabral mas sim pelos índios, que buscavam um lugar chamado Terra sem Males — o paraíso na Terra, para o qual caminhavam sempre na direção sul, sem saber a razão.

Tio Giuseppe gostava também da história de um gaúcho que de perseguido se tornou perseguidor, bandido que virou policial. Certa feita, no meio de uma missão, ele vê sua imagem refletida no rosto do criminoso solitário a quem combatia. O bandido, encurralado, se defendia fazendo seu cavalo rodopiar em círculos labirínticos ou esfaqueando vários dos soldados, numa luta desigual. O gaúcho então decide que o uniforme já não se acomoda em seus ombros, que o quepe lhe pesa sobre a cabeça. Quer de volta a identidade que abandonou. Deixa o exército e passa a combater seus antigos camaradas, ao lado do fugitivo, que, pela valentia, não merecia morrer.

Depois tia Nella novamente se queixava de estar esquecendo tudo e falava de assuntos pessoais. Descrevia o tio Giuseppe ao chegar do trabalho: ele jogava os sapatos no ar e só ia cumprimentá-la com os chinelos já calçados, primeiro um abraço, depois um beijo na face esquerda e um aperto na bochecha direita, seguidos sempre da frase *that's good, amore mio, that's good!* O curioso é que Giuseppe não sabia falar inglês, mas essa frase, dita com um carregado sotaque italiano, era-lhe tão própria quanto as sobrancelhas largas, o tom de voz grave e a mania de deitar de pernas cruzadas sobre o sofá. Qualquer motivo de felicidade era acompanhado da frase em inglês, todo o vocabulário bretão do tio Giuseppe contido naquelas palavras repetidas exaustivamente. Quando tia Nella entoava o refrão *that's good, amore mio, that's good!*, seus olhos ficavam turvos, ela corria rapidamente um lenço pelos cílios, mais para não estragar a maquiagem do que por qualquer outra razão.

O ritual dos sábados terminava com tia Nella postando-se entre os dois espelhos da sala. Ela olhava sua imagem refletida junto ao vaso de Murano e, depois de um toque com as palmas das mãos nos cabelos cheirando a laquê — puro capricho, seu penteado já amanhecia impecável —, voltava-se em minha direção dizendo, *bambino*, tenho que te contar a história preferida do tio Giuseppe, acho que nunca falei sobre Murano, de onde veio este vaso. É claro que ela já havia falado, em todos os nossos encontros, sobre a paixão do marido pela arte dos fabricantes de vidro de um arquipélago próximo de Veneza que, com uma longa pipa, sopravam moldes no forno escaldante, descrevendo círculos no ar. A dança silenciosa das criaturas do fogo, tio Giuseppe repetia, fingindo segurar uma pipa e apontando o braço para o fogão da cozinha, como se este fosse um forno dos artistas da sua predileção.

Tia Nella falava imitando o marido, inflava as bochechas para me explicar como os vidros eram manufaturados. Os artesãos transferiram-se para Murano por decreto, depois dos seguidos incêndios que os fornos causaram em Veneza. No arquipélago se tornaram cada vez mais poderosos. Mesmo sendo homens de origem simples, tinham permissão para casar com as filhas de duques, condes e marqueses; enriqueciam e mudavam de posição social. Eram os únicos que sabiam fazer os espelhos de vidro que os reis e rainhas da Europa cobiçavam. Naquela época, *bambino*, os castelos eram decorados com espelhos que cobriam as paredes e o teto. Nos bailes, os nobres viam refletidos seus altos penteados, os vestidos e casacas de brocado, as calças curtas, as meias longas e justas que chegavam até a cintura, e os sapatos com salto alto, fivelas e laços proeminentes.

A técnica dos artistas era disputada a peso de ouro. O rei da França quis, a todo custo, levar vários deles para seu país, criar uma fábrica de espelhos local. Alguns aceitaram, mas mesmo assim os espelhos feitos fora de Murano nunca ficavam bons. Luís XIV ordenou a seu ministro Colbert que mandasse trazer as mulheres dos fabricantes de vidro — talvez acompanhados os artesãos fizessem os espelhos como na sua terra natal. No entanto, o governo de Veneza não permitiu. Os enviados franceses foram até Murano, mas não encontraram as esposas em seus lares. Por ordens superiores elas se escondiam ou se diziam adoentadas, impossibilitadas de viajar. Gondoleiros espionavam a chegada dos emissários do rei, e a polícia falsificava cartas para que os habitantes do arquipélago não emigrassem, mencionando mortes e assassinatos de venezianos em Paris.

Tio Giuseppe conhecia os artistas pelo nome, dizia que alguns eram seus parentes distantes. Um deles foi para a França, atraído por um soldo milionário, mas se recusou a ensinar a não italianos a fórmula secreta dos espelhos de vidro. Voltou a sua ilha natal, onde passou a moldar também braceletes, garrafas e vasos, com cores e texturas que se vangloriava de nunca repetir.

Nos intervalos, enquanto tia Nella se concentrava para imitar o marido, eu os imaginava dançando o minueto nos salões franceses. Nem era preciso mudar o penteado tradicional da minha tia, que pela descrição dela se assemelhava ao das rainhas, princesas e condessas. Meu tio, vestido a caráter, erguia a mão de sua acompanhante e observava os casais em fila reproduzidos nas paredes. Todos os pares na minha imaginação eram formados por Giuseppe e Nella, com pequenas variações na indumentária.

O som da campainha marcava a chegada da minha

mãe, com a maquiagem carregada e o cabelo armado para o fim de semana. Ao entrar, ela também se postava entre os dois espelhos, tocando com as palmas das mãos o coque recém-arrumado, enquanto me dizia que era hora de partir.

Tia Nella terminava a tarde acariciando os contornos do vaso, são como pequenos braços, *bambino*, me lembram de quando seu tio voltava para casa, depois do trabalho, dizia, *that's good, amore mio, that's good!*, e vinha me beijar.

Faro

Em Lisboa, o velho com Alzheimer não me saía da cabeça. Sem ter muito que fazer, resolvi ir para Faro e verificar se ele conseguira chegar à cidade onde sua memória ainda morava. Lembrei que, antes de deixar o avião, ele mencionara o cemitério judaico. Desembarquei no acroporto de Faro cercado de turistas alemães e ingleses carregados de filhos, malas, raquetes de tênis e tacos de golfe. Outros, mais jovens, pareciam levar na bagagem apenas a roupa de banho e o protetor solar. De qualquer maneira, eu era talvez o único que não me dirigia à cidade com o propósito de aproveitar o verão. Comigo trazia duas ou três mudas de roupa, e só.

A escolha do hotel não foi difícil, deleguei-a ao taxista dizendo que queria um lugar simples e central. Vendo minha parca bagagem, sem apetrechos esportivos, ele sorriu e disse que conhecia o local perfeito, um hotel familiar ao lado do restaurante onde se comia o melhor arroz de lingueirão do Algarve. Apesar da minha indiferença, o motorista continuou descrevendo, sem economia de adjetivos, as especialidades culinárias da região. Discorreu sobre a feijoada de búzios e um sem-número de pratos típicos cujos nomes eu mal compreendia. Ele declinava a receita em detalhes, com uma das mãos fazia que picava os ingredientes, lambendo os beiços, enquanto eu me esforçava para não ouvir.

Ao chegarmos, quis me acompanhar até o balcão. Foi tão rápido que não pude resistir. Despedi-me agradecendo pela indicação do hotel e do restaurante, mas agora foi ele quem não me deu atenção — falava apressadamente com o recepcionista, combinando a comissão pelo hóspede fisgado.

Deixei minha bagagem intacta, apenas guardei o passaporte no cofre do quarto e saí para andar pela cidade. Dessa vez tomei o cuidado de não olhar para o chão — se eu queria encontrar o velho, ao menos tinha que me esforçar e olhar para a frente. As ruas no centro histórico eram pacatas e contrastavam com o aeroporto supermoderno. As casas e edificações antigas, pintadas de branco fosco, reluziam com o sol forte. Havia poucas pessoas nas vielas ou reunidas na praça da catedral. Os belos arcos já não abrigavam jovens casais caminhando à toa ou crianças correndo para o esconderijo mais próximo. Os turistas eram escassos, tinham debandado para os enormes resorts da região costeira. Vi mulheres de idade carregando trouxas de roupa, homens pitando seus cigarros de palha, carteando em bares de esquina, a garrafa de bagaceira na mesa à espera do próximo gole. Sem saber onde procurar o velho do avião, eu observava discretamente casas e locais públicos e seguia adiante. Passei várias vezes, sem notar, pelos mesmos pontos turísticos. Afinal, afastando-me do centro histórico, fui dar numa avenida mais larga, dessas que poderiam existir em qualquer cidade do mundo. Depois de certo tempo virei à direita e me deparei com um portal de ferro no centro de um amplo muro branco. Era o antigo cemitério judaico de Faro, inaugurado em meados do século XIX.

Por cima do muro se viam as copas de dois altos ciprestes. Era o único sinal de grandeza aparente, de resto tudo no cemitério era raso e discreto. As lápides iguais, muito baixas e claras, confundiam-se com o também claro pavimento de seixos. Ninguém trabalhava no local ou visitava os mortos. As pedras sepulcrais tinham inscrições em hebraico que a população de Faro não conseguia ler.

Fiquei observando os túmulos por um bom tempo, sem entender nada, até que senti um leve puxão nas costas e vi um menino equilibrando sobre o nariz óculos pesados, pouco condizentes com seu rosto. Sem esperar que eu me virasse por completo, ele começou a recitar um mantra com os dizeres das lápides em português, enquanto me arrastava pela mão.

Abatido por sofrimentos fortes e amargos, o ancião David Bendahan faleceu terça-feira 2 do mês Shevat de 5676. Seja a sua alma unida ao feixe dos vivos.

Do jovem como os cedros, teto da boca doce, Ytshak Amram, que descanse em paz, suspirou devido ao coração. Seja a sua alma unida ao feixe dos vivos.

Luna, mulher virtuosa, coroada, perfeita e recta, temente a Deus, pura, praticava a caridade com suas obras e posses, sua mão se estendeu aos pobres, honrava a lei e seus estudiosos, faleceu segunda-feira 5 do mês Tamuz do ano 5681. Seja a sua alma unida ao feixe dos vivos.

Da anciã respeitável Messoda que descanse em paz, viúva de Eliezer Malka, que descanse no paraíso. Faleceu quinta-feira 8 do mês Heshvan do ano 5617. Seja a sua alma unida ao feixe dos vivos.

Do homem que todos amavam, o modesto Moses Sequerra, seja sua alma unida ao feixe dos vivos.

Percorremos, fila por fila, todas as lápides. Terminado o mantra, o garoto contou-me um pouco da história do cemitério, das cento e sete almas que foram enterradas ali entre 1850 e 1930 aproximadamente e da extinta comunidade judaica do Algarve. Num certo momento os óculos, que sem dúvida não eram dele, escorregaram nariz abaixo. Inclinei-me para apanhá-los e notei que eram idênticos aos do velho do avião.

— A quem pertencem? — perguntei.

— São do meu avô.

— E onde posso encontrá-lo?

O menino olhou para o céu e depois saiu do cemitério num trote ligeiro. Não entendi se reclamava da ausência do avô, ou se caminhava em sua direção.

Imitei seu gesto e segui seus passos.

* * *

Agradecimentos

Aconteceu de novo. Era para ser mais, era para ser outro, era para ser romance, não é. Alguns meses após publicar meu primeiro livro de contos, fui a Lisboa para participar do lançamento mundial de *Ensaio sobre a lucidez* de José Saramago. Como editor brasileiro da obra, deveria fazer um pequeno discurso, que, como de costume, deixara para preparar no avião. O voo atrasou um bocado, devido à confusão causada por um passageiro com Alzheimer que desejava ir, a qualquer custo, diretamente para Faro, sem passar por Lisboa. Enquanto aguardávamos um acordo entre o velho e a tripulação — com o avião de volta ao terminal —, vi que os paramédicos entraram correndo em direção à cabine e de lá saíram com um dos pilotos quase desfalecido, carregado numa maca, tendo um ataque do coração. O velhinho salvou a vida do comandante, pensei. Depois de várias explicações aos passageiros e de uma certa balbúrdia — "Eu que não fico nesse avião" era o que mais se ouvia — o voo seguiu seu destino. Próximo da chegada, pedi caneta e papel à aeromoça, tinha que escrever meu breve discurso. Nada feito, o episódio no aeroporto de São Paulo não me saía da cabeça e o que escrevi naquele pedaço de papel não foi o que falei no Teatro São Carlos, poucas horas depois. Rabisquei rapidamente, antes do pouso, alguns itens que deveriam compor o tal romance que sempre quis escrever, e que tinha enfim um começo: o avião prestes a partir, o velho com Alzheimer e o piloto salvo por acaso. Durante três anos produzi um romance curto, de cento e vinte páginas, no qual ia entrando um vasto número de personagens, reais e de ficção. A cada dia eu pensava em novos personagens, sobre os quais buscava informações em livros e em sites. Alguns desses personagens, cuja história se perdeu através dos tempos, tiveram vida efêmera também no meu romance e foram como num passe de mágica parar na lixeira do computador. A leitura de um livro magistral de Oliver Sacks, *Vendo vozes* — quando eu pesquisava sobre surdez —, havia me impressionado muito, e eu resolvera misturar não só o velho com Alzheimer a Antônia, e por conseguinte a Beethoven e Goya, mas também a Victor de Aveyron, Peter de Hannover, Marie-Angélique Le Blanc, a garota de Champagne, além de Kaspar Hauser, Joseph Merrick, o Homem Elefante, e Alexander Selkirk, o verdadeiro Robinson Crusoé, cujas vidas recriei por meses a fio. As lições de Oliver Sacks ficaram, mas a maioria dos personagens voltou para a virtualidade, a começar pelo piloto da vida real, que em ficção não pareceria crível. No entanto, o agradecimento pela inspiração permanece devido, e ele encabeça a lista que vem a seguir.

Se devo a Oliver Sacks o fato de ter me instigado a pensar e pesquisar sobre surdez e meninos selvagens — teria sido melhor voltar no tempo e me candidatar ao prêmio máximo do programa de tv *O Céu é o Limite*, de J. Silvestre, respondendo a respeito do assunto —, aos editores da Companhia das Letras, Maria Emília, Marta, Helô, Thyago, André e Paula, devo o aviso de que eu não tinha acertado a mão, bem como a honestidade profissional de recusar um livro do "chefe". Assim, a volta aos contos e os dois anos de intensa autoedição eu devo a todos eles, que me salvaram de uma tragédia (maior?). Rodrigo Naves soube também com palavras de incentivo dizer que "nós dois" — generosamente ele se incluiu na mesma categoria, para aliviar meu pesar — nos dávamos melhor com as narrativas curtas, ou fragmentárias. Fernando Moreira Salles, Elisa e Juliana entraram na reta final com palavras simpáticas e boas observações.

Meu filho, Pedro, insistiu sempre que eu deveria escrever em vez de ler o tempo todo, Júlia, minha filha, e Lili, minha mulher, leram pacientemente várias versões de tudo o que eu escrevia, sempre temendo, com razão, que, se eu abandonasse o barco, passaria os dias, ao lado delas, em queixas sem fim. Graças aos três últimos, nas entrelinhas deste livro escrito com tanta hesitação há inúmeras provas de amor, incondicional. Além das minhas queridas "editoras" Lili e Júlia, quem mais ouviu queixas foi Maria Elena Salles, minha analista, para quem escrevi um conto, no fim de onze anos de análise — sem a qual talvez não tivesse seguido carreira solo, nem como editor, muito menos como escritor.

A morte de meu pai, que ocorreu durante a escritura do livro, e a morte de um queridíssimo amigo funcionaram como uma razão a mais para que eu voltasse a escrever. Decidido a abandonar meus planos de reler pela última vez o que escrevera por tanto tempo, cheguei a Nova York no início de 2010 para uma estadia de cerca de um mês. No segundo dia soube do falecimento de Tomás Eloy Martínez, a quem visitara pouco antes em New Jersey levando o (finado) romance para obter sua bênção. Dois dias depois de entregar a ele o dito-cujo, telefonei desesperado para Tomás e lhe pedi que não lesse nada. Ele havia começado o primeiro capítulo, e, mesmo bastante animado com o que lera, acatou meus insistentes pedidos. No entanto, foi ele quem desvendou para mim a real autoria da frase que, logo que o narrador de alguns dos contos ganhou voz, escolhi para epígrafe e que eu erroneamente atribuía a um homônimo famoso do poeta espanhol. Lembrei-me por dias de um passeio com ele ao Central Park e ao Metropolitan Museum, onde vimos a exposição de fotos de Diane Arbus. No final, Tomás, que sabia que eu relutava em publicar os contos que vieram a compor meu primeiro livro, *Discur-*

so sobre o capim, pegou-me pelo braço e, quase me abraçando, ameaçou: "Se você não publicá-los, publico eu sem sua autorização". Quando soube de sua morte, essa imagem não saía da minha mente, e de certa forma devo a ela a força para recomeçar, reler, reescrever mais uma vez, e publicar um novo livro. Sentindo a falta de Tomás e de meu pai, pensei que deveria tentar, por eles, ou melhor, para eles.

A Alberto Manguel devo a dica da existência do cemitério judaico em Faro, e a Márcia Copola os fundamentais acertos no meu texto final.

A todas as pessoas citadas nestes agradecimentos eu também dedico este livro. Acrescento a elas meu genro, Luiz Henrique, minha mãe, Mirta, e minhas netas, Zizi e Alice, a quem um dia pretendo contar que quem tocava a campainha nos apartamentos no grande edifício da rua Itambé agora atende pela alcunha de vovô.

Novembro de 2005, quase aterrissando em Lisboa - março de 2010, quase aterrissando em Nova York

ESTA OBRA FOI COMPOSTA EM MERIDIEN PELO ESTÚDIO O.L.M.
E IMPRESSA PELA RR DONNELLEY MOORE EM OFSETE SOBRE PAPEL PÓLEN BOLD
DA SUZANO PAPEL E CELULOSE PARA A EDITORA SCHWARCZ EM SETEMBRO DE 2010